박솔뫼

2009년《자음과모음》신인문학상을 수상하며 작품 활동을 시작했다. 소설집 『겨울의 눈빛』『사랑하는 개』, 장편소설 『을』『백 행을 쓰고 싶다』『도시의 시간』『머리부터 천천히』『인터내셔널의 밤』『고요함 동물』 등이 있다. 김승옥문학상, 문지문학상, 김현문학패 등을 수상했다.

그럼 무얼 부르지

그럼 무얼 부르지

박솔뫼

소설

오늘의
작가 총서
34

민음사

차례

차가운 혀   7

안 해   35

해만   65

그때 내가 뭐라고 했냐면   95

그럼 무얼 부르지   125

해만의 지도   153

안나의 테이블   183

작품 해설 | 손정수(문학평론가)   208
발이 달린 소설을 생각하며 좋다고
     느끼는 사람의 이야기

개정판 작가의 말   249

초판 작가의 말   251

차가운 혀

결국엔 모든 것이 같다. 추운 겨울이든 따뜻한 봄이든 결국에는 말이다. 겨울은 고달픈 계절이다. 차가운 바람이 얼굴로 쳐들어오기 시작하면 방에 누워 밖으로 나가지 않겠다는 결심을 한다. 겨울은 모든 하고 싶은 마음과 의지를 꺾는 계절이었고 내가 할 수 있는 일은 무릎 꿇고 순응하는 것뿐이었다. 방에 누워 이불을 덮고 잠을 자는지 깨어 있는지 알 수 없는 시간들을 보낸다. 하지만 누구든 알아야 했다. 봄이 되어도 바뀌는 것은 없다는 것을 말이다. 봄의 따뜻함이 마음을 녹이기 시작할 때쯤 마음속으로 무언가가 툭 하고 떨어졌다. 그것은 변하는 것이 없다고 말하고 있었다. 겨울은 춥고 봄은 나를 어지럽게 한다. 겨울의 추위와 봄의 어지러움은 꼭 같았다. 봄의 어지러움이 이불 속을 간질이기 시작하면 천천히 자리에서 일어나 밖으로 나간다. 어지럽고 나른한 기분 속에서 결국 하고 싶음이라는 마음이 내게 있든 없든 내가 할 수 있는 것이 별로 없다는 것을 알게 된다. 겨울과 봄은 실제로 다르지 않다. 더하고 뺀 합으로 보자면 말이다. 되도록 일찍 봄이 해결해 주는 것은 없다는 것을 깨달아야만 했다.

그 모든 것을 사과와 오렌지 들을 깎으며 깨달았다. 나와 사과와 오렌지는 삼각형을 이룬다. 사람들에게는 기둥이 필요한데 내게는 그것이 사과와 오렌지인 것이다. 이를테면 이런 것이었다. 친구와 헤어졌다면 애인을 만들어야 하고 원래부터 친구가 없다면 나와 놀 줄 알아야 한다. 이것이 없다면 저것을 가져와야 했다. 하나의 세계가 흔들리면 그 흔들리는 세계와 상관없이 자신을 지켜 줄 또 다른 세계가 있어야 했다. 그렇지 않았을 때 문제가 생긴다. 나는 사과와 오렌지를 빼면 사실 문제가 많기 때문에 그 문제들에 점령당하지 않으려고 매일매일 사과와 오렌지를 깎는다. 깎고 또 깎는다. 하루에 일곱 번쯤, 그리고 잠시 잊는다. 하지만 봄이 와도 바뀌는 것이 없듯이 곧 내 앞으로 또 다른 문제가 모습을 드러내고야 만다. 그것을 잠시 멈춰 두기 위해 사과나 오렌지를 깎는다. 나는 서 있고 오른손에는 칼을 왼손에는 사과를 든다. 나는 서 있고 오른손에는 칼을 왼손에는 오렌지를 든다. 무엇을 들든 아름다운 삼각형이다. 하나가 빠지면 어느 순간 이 세계는 무너질 것이다. 그래서 나는 빈손이 될 수 없다. 무엇이든 잡고 있는 것이다. 손에 사과를 쥐고 문 앞에 선다. 문 너머에는 빈손의 내가 있지만 나는 말 걸지 못하고 오렌지를 가져와 쥔다. 내가 쥘 수 있는 것은 고작 사과와 오렌지 정도였다. 무엇이든 잡고 있을 것이다. 빈손이 되지 않을 것이다. 사실 내가 사과와 오렌지만을 깎는 것은 아니다. 나는 파인애플도 깎고 멜론도 깎는다. 가끔 예외의 상황이 있겠지만 대개의 경우 사과, 오렌지, 파인애플, 멜론, 포도, 배, 바나나이다. 가끔 키위가 오거나 딸기가 온다. 때에 따라 철에 따라 물가에 따라 다르다. 하지만 대부분 사과, 오렌지, 파인애플, 멜론, 포도, 배, 바나나이다. 나는 과일들을 씻고 깎는다. 하루에 일곱 번쯤. 그리고 잠시 잊는다. 내가 누구인지 여기는 어디이며 기타 등등의 것들을 말이다. 그 모든 것들을 반복하다 보면 알게 된다. 사과와 오렌지는 가장 쉽게 변해 버리고 가장 눈에 띄지 않는 과일이라는 것을 말이다. 모든 과일에는 각자의 즐거움이 있다. 사과와 오렌지를 빼면 말이다. 애플스 앤 오렌지. 사과는 어떻게 보아도 평범하고 조금만 시간이 지나도 변색된다. 잘 깎아 내놔도 그만그만해 보이고 조금 늦어지면 볼품없어진다. 오렌지는 물이 너무 많다. 게다가 오렌지로는 뭔가를 해

볼 여지가 없다. 반으로 자르는 수밖에 없었다. 접시 위에 오렌지를 올려놓고 그것을 먹는 손님들을 생각한다. 오렌지로 손이 가지 않겠지. 껍질을 벗기면서 내가 왜 이걸 하고 있나 싶어질 것이다. 내가 왜 이걸 하고 있나 내가 왜 이걸 하고 있나 하는 생각이 나를 점령하려 들면 왼쪽의 사과와 오른쪽의 오렌지를 떠올린다. 가장 하기 싫고 별것도 아니고 웃기지도 않는 것들이 나를 지탱한다. 사과와 오렌지들이 말이다.

내가 이곳에서 과일만 깎는 것은 아니다. 바닥을 쓸고 닦는다. 서빙을 한다. 재떨이를 비운다. 닭을 튀긴다. 컵을 냉장고에 넣어 둔다. 생수 통을 바꾼다. 돈가스를 튀긴다. 양상추를 채 썬다. 설거지를 하고 화장실을 청소한다. 이곳은 작은 바이고 손님들도 많지 않고 그 때문에 나는 이것저것 다 한다. 주방에도 갔다가 홀에도 갔다가, 서빙을 했다가 설거지를 했다. 가끔은 누나가 온다. 누나. 누나는 아르바이트가 끝나면 가게로 와 나를 도와준다. 닭도 튀기고 돈가스도 튀기고 밀걸레질을 하고 재떨이를 비우고 서빙도 한다. 누나에게는 스스럼이라고 할 만한 것이 없기 때문인지 손님들이 없으면 아무렇지 않게 닭을 튀겨서 먹고 술도 꺼내 마시고 담배도 맘대로 피운다. 우리는 저녁으로 닭을 튀겨 먹거나 돈가스를 튀겨 먹거나 라면을 끓여 먹는다. 밤이 깊어지면 습관적으로 또 닭을 튀긴다. 내가 사과나 오렌지를 깎을 때처럼 누나는 모든 것을 비운 눈으로 기름 속의 닭을 본다. 튀김옷을 입은 닭이 누나를 잡아 주는 건가. 누나는 멍한 눈으로 닭을 본다. 그리고 때맞춰 닭을 건진다. 그 모든 과정은 몹시 전문적이다. 프로페셔널. 나는 누나가 튀기는 닭을 거절하지 않는다. 돈가스를 튀기면 그것도 먹는다. 손님들이 남긴 것들은 접시를 들고 와, 싱크대 위에서 먹는다. 먹고 또 먹는다. 바의 사장은 어느 날 "너 처음에는 이렇지 않았다."라고 했다. 사장은 튀긴 닭과 돈가스와 소시지 모둠 세트와 양주로 돈을 벌면서 자기는 그런 것들에 거의 입도 대지 않았다. 사장은 처음부터 말랐고 여전히 말랐다. 모든 옷이 헐렁했다. 나는 이제 청바지가 불편해서 추리닝을 입고 있다. 살이 쪄 가고 있고 무너져 내리고 있다. 그렇다면 즉시 삼각형을 생각해야 했다. 사과와 오렌지와 나는 삼각형을 이루고 있다. 그것이 하나이다. 한 손에는 칼을 들고 한 손에는 사과를 들고 깎기 시작한다. 천천히 사과 껍질을 벗긴다. 사과를 다 깎으면 오렌지를 씻어 반으로 가른다. 사과와 오렌지, 아름다운 삼각형을 떠올린다. 그리고 누나가 있다. 누나와 나 사이에는 삼각형이 없다. 나와 누나만이 있을 뿐이다. 누나는 사과와 오렌지보다 강력하고 복잡하다. 나는 누나를 칼로 깎을 수도 없고 반으로 가를 수도 없다.

누나는 사람이고 매일같이 내가 생각지도 않은 대답을 했고 따뜻했고 가끔 아름다웠다. 일이 끝나고 집으로 가면 아무도 없고 그래서 텔레비전이 있는 방에서 누나와 한다. 언제였더라. 누나는 내 밑에서 숨이 막힌다고 속삭였다. 내가 계속해서 튀긴 닭을 먹었기 때문이었다. 그래서 이제 누나가 올라온다. 누나가. 누나와 나는 매일같이 만나고 매일같이 껴안고 키스하고 올라탄다. 사과와 오렌지에 올라탈 수는 없다. 사과와 오렌지는 나와 아름다운 삼각형을 이루고 사과와 오렌지는 나를 도와주지만 할 수 없는 것은 할 수 없는 것이다. 나는 아무런 잘못도 하지 않았지만 매일매일 모두에게 미안했다. 그것이 나를 죽일 것 같아서 무섭고 그래서 누나와 매일같이 한다. 누나를 안는다. 잠은 오지 않고 이불을 덮고 깊은 곳으로 어두운 곳으로 향해 간다. 누나는 이불 속 어딘가에 있다. 어딘가에 분명히 있다. 눈을 뜨면 누나는 팔로 나를 감고 있었고 눈을 감으면 누나는 이불 속 깊은 곳에 누워 있었다. 나를 안고 있는 누나를 천천히, 자세히, 집중해서 그리고 오랫동안 보고 있으면 된다. 그렇게 매일매일 누나를 보면 누나는 이불 속에 있게 된다. 이불 속에서 누나를 느낄 수 있게 된다. 누나는 이불 속에 있다. 눈을 감으면 누나가 이불 속에 있다. 이불 속 어딘가에 분명히 있다.

사장은 어느 날 나에게 출근하기 전에 무엇을 하느냐고 물었고 나는 잠을 잔다고 말했다. 잠을 잔다. 잠을 자고 꿈을 꾼다. 거기에는 뭔가가 있다. 이불 속에 누나가 있는 것처럼, 이불 속에 누나가 있는 것을 느끼는 것처럼, 잠을 자고 꿈을 꾸는 것에는 무언가가 있다. 꿈을 꾸는 느낌은, 이불 속의 누나와 이야기하는 느낌이다. 꿈에서 깨어 지난밤 꿈을 생각하는 일은 어젯밤 나를 안고 있던 누나의 팔을 생각하는 기분이다. 그 모든 것에는 무언가가 있다. 그렇게 누나에 대해 생각하려는 찰나 사장은 나를 씩 웃으며 쳐다보았다. 사장은 뭘 좀 하지 그러니 하는 표정과 재미있다는 표정이 합해진 표정을 하고 있었다. 나는 "사장님은 뭐하세요?" 하고 물었다. 사장은 책도 보고 사람도 만나고 산책도 하고 잠도 잔다고 했다. 나는 무슨 책을 보아야 할지 모르겠고 어떤 사람을 만나야 할지 모르겠다. 그에 앞서 만날 사람이 없다. 만날 사람이 있다면 그 사람을 누나 옆에 둘 것이다. 그리고 우리는 아름다운 삼각형을 만들 것이다. 갈 곳이 있다면 좋겠다. 나는 아름다운 곳을 알지도 못하고 어떤 곳이 상쾌한 곳인지도 모른다. 그럼에도 내가 사는 동네가 아름답고 상쾌한 곳의 반대점에 위치한다는 것은 안다. 분명히 안다. 추하거나 멍청한 동네라는 것은 아니다. 다만 사람을 우울하게 만드는 동네였다. 나쁘지는 않았다. 살인 사건이 자주 일어나거나 시가지로 가려면 버스를 두세 번씩 갈아타야 되는 것도 아니었다. 사람들이 자꾸만 무엇을 관두고 싶게 만드는 동네일 뿐이었고 관두기 전에 시작도 하기 싫게 만드는 동네였다. 나는 사장은 대체 어디서 산책 같은 것을 하는 것일까 궁금해졌다. 사장이 걷는 거리는 햇빛이 비칠 것이고 기분 좋은 바람이 스칠 것이다. 그곳이 어디인지 알 수는 없을 것이고 알더라도 내가 걷는 길은 사장이 걷는 길과 다른 것이다. 사장이 대답한 모든 것들은 하나하나 제껴졌다. 잠시 후 사장은 영화 보는 건 좋아하니 하고 물었고 나는 잘 모르겠다고 했다. 또 잠시 후 사장은 그림 보는 건 좋아하니 물었고 나는 또 "잘 모르겠는데요."라고 했다. 사장은 그림도 영화도 좋아하는 것 같았고 그 모든 것에 대해 잘 아는 것 같았다. 사장은 마지막으로 물었다. "여행은 좋아하니?" "특별히 가 본 적이 없어요." 잘 모르겠다고 대답하는 것은 성의가 없을 것 같아 한 대답이었다. 사장은 내 어깨에 손을 얹은 채로 얼굴을 내 얼굴 쪽으로 가까이 했다. "여행을 가봐 꼭. 너한테 도움이 될 거야." 그러고는 싱긋 웃었다. 처음 들어 보는 이야기였다. 네라고 대답했으나 여전히 모든 것에 "잘 모르겠는데요."라고 이야기해야 될 것 같은 기분이었다. 모든 것이 사라지고 그런 기분만이 남아 있다. 벽도 조명도 텔레비전도 냉장고도 술도 사장도 사라지고 없다. 그런 기분만이 남아 있다. '잘 모르겠다'도 아니고, 그렇게 대답해야 할 것 같은 기분. 대답을 하고 싶지 않은 것도 같고 대답을 할 수 없는 것도 같으며 어느 순간 왠지 화가 나서 성의 있게 대답하고 싶지 않아지는 그런 기분이었다. 그런 기분은 녹은 고무처럼, 열심히 씹은 껌처럼 끈끈해져서 나를 칭칭 감는다. 그리고 나는 그 안에 간신히 서 있다. 아무리 허우적거려도 이 세계가 나를 무너뜨리고 싶어 하는 것인지 놀리고 싶어 하는 것인지 미워하고 있는 것인지 알 수가 없었다. 누나는 하이힐을 신고 계단을 내려왔다. 누나의 구두 소리가 나를 그 세계에서 끄집어냈다. 누나가 오지 않았다면 나는 한 손에는 칼을 들고 한 손에는 사과를 들었을 것이다. 얼마나 많은 사과와 오렌지를 깎아야 했을까? 그런데 누나가 왔다. 누나는 알고 있다. 누나가 언제 와야 할지, 어디에 있어야 할지. 내가 알지 못하더라도 누나는 알았다. 누나는 사장에게 인사를 했다. 익숙하게 주방으로 들어가 손을 씻고 나오며 누나는 사장을 똑바로 쳐다보고 생긋 웃었다.

"이거 한 잔 마셔도 돼요?"

"위스키 좋아해?"

"뭐 대충."

누나는 다시 한번 생긋 웃고는 위스키를 잔에 따랐다. 위스키가 누나의 목으로 넘어가는 것이 보였다. 시간은 누나의 목을 따라 천천히 흘렀다. 사장은 누나가 만드는 시간을 보지 않고 주머니를 뒤지며 담배를 찾았다. 누나는 잔을 천천히 내려놓았다. 누나는 내 머리를 만지면서 머리를 잘라야겠다고 했다. 누나에게서 위스키 냄새가 났다. 사장은 고개를 돌리며 지금 머리가 귀엽다고 했다. "꼭 닉 드레이크 같아." 사장은 내 머리 끝을 보며 말했다. 나와 누나는 대답하지 않았다. 우리는 닉 드레이크를 모르고 절대로 알고 싶지도 않고 앞으로도 모를 것이기 때문이었다. 누나는 계속해서 내 머리를 쓰다듬었다. 기분이 좋아졌다. 누나는 내 허리에 팔을 감은 채로 몸을 돌려 사장에게 말했다. "이번 주 금요일이 애 생일이에요." "정말이야?" 사장은 활짝 웃었다. "선물을 줘야겠다." "괜찮아요. 진짜 괜찮아요." 사장은 월급을 준다. 나는 그것만 받을 것이다. 딱딱해진 얼굴로 말없이 바닥만 보았다. 사장은 어색하게 웃으며 어깨를 툭툭 두드렸다. "나도 정말로 괜찮은데." 주방으로 들어가 설거지를 계속했다. 바 너머로 사장과 누나의 등이 보였다. 누나가 담배를 피워 무는 것이 보였다. 사장과 누나는 말이 없었다. 고개를 돌리면 누나의 다리가 보였다. 나는 싱크대에 기대 담배를 피워 물었다. 누나도 말이 없고 사장도 말이 없고 나도 말이 없다. 누나는 담배를 비벼 끄고는 주방으로 들어왔다. 누나는 말없이 맥주 컵을 씻어서 쌓아 둔다. 쌓인 맥주 컵들을 닦는다. 다 닦은 컵들을 냉장고에 넣는다. 사장은 음악을 틀었다. 누나는 바에 기대어 담배를 한 대 더 피워 물었다. "사장님은 평소에 뭐해요?" 사장은 아까처럼 음악도 듣고 책도 보고 사람들 만나서 술도 마신다고 했다. "술은 잘 마셔요?" "웬만큼." "음. 저도 웬만큼 마셔요." 누나의 웃음소리. 웃음소리는 빙글빙글 바 주변을 돌았다. 모든 것이 지루했다. 곧 마구 짜증을 낼 것 같아서 무서웠으나 그 무서움마저 짜증스러웠다. 그런 식으로 짜증은 나를 장악하고 나보다 훨씬 커져서 둥실둥실 주방을 떠다녔다. 여전히 아무 말도 하지 않은 채로 일을 했다. 입을 떼면 짜증이 입속으로 밀려 들어와 접시를 던지고 소리를 지르게 할 거다. 손님들이 오면 인사를 하고 물과 메뉴판을 챙겼다. 테이블에서 주문을 받고 주문 받은 안주를 만들고 술을 내갔다. 손님들의 재떨이를 갈고 얼음물을 내고 술을 더 갖다 주는 일을 계속했다. 한 테이블이 가면 또 다른 테이블이 왔다. 대여섯 명의 남자들이 비틀거리며 나가면 남자와 여자가 속삭이며 들어왔다. 남녀가 가면 여자 둘이 욕을 하며 들어왔다. 저녁은 밤이 되었고 밤은 늦은 밤이 되었다. 늦은 밤에서 새벽이 되기 전에 일은 끝났다. 새벽의 시작은 어디야, 차갑고 깨끗한 바람이 목 뒤로 다가오는 시간이었다. 그 전에 일이 끝났다. 나의 짜증은 둥실둥실 바 안을 떠다니고 누나의 웃음은 빙글거리며 바 안으로 미끄러진다. 말이 없는 누나. 웃기만 하는 누나. 누나는 나를 쓱 보더니 아무 말도 걸지 않았다. 일이 끝나고 집으로 돌아갈 때까지 누나는 아무 말도 해 주지 않았다. 우리는 각자 손을 씻고 우리는 각자 앞치마를 벗고 우리는 각자 페브리즈를 뿌리고 우리는 각자 사장에게 인사를 하고 바를 나왔다. 우리는 각자, 하지만 같은 길을 나란히 걸었다. 늦은 밤 골목길에는 우리의 발자국 소리뿐이었다. 나와 누나는 어제와 다름없이 텔레비전이 있는 방으로 갔다. 우리는 어제와 다름없이 다만 말이 없이 모든 것을 했다. 맥주 컵을 씻는 것처럼 혀를 집어넣고 누나의 혀 위에 내 혀를 두고 누나의 혀가 내 혀를 감싸게 했다. 누나의 입안은 맥주잔처럼 미끈거렸다. 누나는 내 바지를 벗기고 내 다리 사이에 고개를 처박았다. 누나는 성심성의껏 혀를 움직였다. 한참을 고개를 묻고 있던 누나는 갑자기 고개를 들더니 냉장고로 가 물을 꺼내 마셨다. 누나는 찬물을 벌컥벌컥 마셔 댔다. 그러고는 아예 물병을 방으로 가져왔다. 나도 물을 벌컥벌컥 마셨다. 잠시 후 누나의 스타킹을 내리고 누나의 다리 사이에 고개를 처박았다. 누나는 "앗 차거." 하고 소리를 질렀다. 오랜만에 터져 나온 말이었다. 누나는 큰 소리로 웃었고 나는 고개를 처박은 채로 쿡쿡거리며 웃었다. 나의 혀는 냉장고 속 맥주잔처럼 차가웠다. 혀를 살살 움직였다. 누나는 내 머리를 쓰다듬었다. 우리는 여전히 말이 없었으나 '앗 차거'가 생각나 큭큭거리며 웃어 댔다. 누나는 신음 소리를 내다가 웃다가 신음 소리를 내다가 웃다가를 반복했다. 누나에게는 아무것도 없고 신음 소리와 웃음소리만이 남아 있다. 그렇다면 나에게는 차가운 혀밖에 남은 것이 없다. 찬물을 벌컥벌컥 들이마시고 다시 누나의 다리 사이로 고개를 처박았다. 누나는 움찔하더니 다시 신음 소리와 웃음소리로 된 어떤 것이 되었다. 그렇다면 그것은 무엇일까. 사람일까. 맥주잔일까. 당연히 그것은 차가운 혀 같은 거라고 생각했다.

시간이 되어 출근을 하면 사장은 자꾸만 질문을 해 댔다. 오늘은 뭐 했니, 어젯밤에는 뭐 했니, 점심은 먹었니, 무얼 먹었니, 주말에는 무얼 할 거니, 앞으로 무얼 할 거니, 그 영화는 보았니 같은 것들을 물었다. 하루에 하나씩, 숙제를 내듯 질문을 던졌다. 나의 대답은 대부분 이런 것들이었다. 아니요, 네, 잘 모르겠는데요, 그냥요, 그냥 밥이요, 아무것도 안 할 건데요, 아, 네, 아 네 잘 모르겠는데요. 사장은 인내심이 있었고 이렇게 간단한 질문들에도 나는 늘 곤란함을 느꼈다. 사장은 어떤 질문에 곤란해할까. 있다 해도 나는 알지 못하는 질문들이겠지. 사장은 여느 날처럼 내 어깨에 손을 얹은 채로 고개를 기울이며 물었다.

"오늘은 낮에 뭘 좀 했니?"

"아니요."

했더라도 아니라고 대답했을 것이다. 하지만 정말로 한
게 없었다.

"사장님은 뭐 하셨어요?"

"어. 친구 만났어. 런던에 있을 때 알던 친군데, 만나자
만나자 하다가 이제야 봤지."

"아."

"뭐 오랜만이어서 반가웠지."

사장은 그리고 말이 없었다. 다만 우물거림이 바 안을
채우고 있었다. 사장은 아무 말도 없는데 사장의 우물거림
이 들리는 듯했다. 그때 누나의 구두 소리가 들렸다. 누나
는 어쩌면 바 계단을 내려오는 연습 같은 것을 머릿속으로
해 보는지도 몰랐다. 누나의 구두 소리는 흔들림이 없었다.
삐끗할 때도 없었다. 누나는 망설이지도 긴장하지도 않고
흔들림 없이 생긋 웃었다. 고개를 약간 기울이며 생긋 웃
었다.

"잘 지내셨어요?"

"어, 너는?"

"저야 뭐 비슷하지요."

누나는 내 허리에 손을 감은 채로 사장을 보며 말했다.

"사장님은 오늘 뭐 하셨어요?"

"어. 점심 때 잠깐 친구를 만났어. 런던에 살 때 만났던
친군데 한동안 못 보다가 이제야 봤어."

"어머, 런던에서 사셨어요?"

공기 중을 떠다니던 우물거림은 비눗방울처럼 터졌다. 아주 쉽게. 사장의 우물거림은 사라졌다. 사장은 런던에 대해 말하고 싶었던 거다. 나는 "아" 하고 말았지. 하지만 누나는 런던에 민감하게 반응해 주었다. "어머, 런던" 그렇게. 사장은 기다렸다는 듯이 런던에 대해 이야기했다.

"내가 그곳에 있을 때 나는 꽤 어렸지. 날씨는 무거웠지. 날씨는 무거우면서 습기가 가득했지. 습기가 가득해서 무거운 것인가. 런던의 아이들은 화난 표정으로 거리를 걸어다니고, 그러다가 돌을 던지거나 약을 해. 어떤 아이들은 기타를 잡기도 하겠지."

사장은 벽을 보고 있었다. 책을 읽는 것처럼 말했다. 연기 못하는 사람들이 연기를 하는 것처럼 말이다. 누나는 내 어깨 안으로 머리를 기댔다. 그리고 내 허리를 꼭 감쌌다. 사장은 고개를 15도쯤 위로 향한 채로 말했다. 계속 벽을 보고 있는 채로였다. 누나의 손을 잡았다. 누나의 손은 축축했다. 긴장하고 있는 사람의 손이었다. 사장은 런던에 대해 길게 이야기한 후 우리를 쳐다보지도 않고 갑자기 오디오 쪽으로 가더니 음악을 틀었다. 음악은 바 안을 채웠다. 사장은 소파로 가서 획 하고 누웠다. 우리는 갑자기 무대 위에 서게 된 사람들 같은 기분이었다. 누나는 내 팔 사이로 고개를 묻었다. 나는 고개를 숙였다. 누나는 팔에 힘을 주어 나를 더 꼭 껴안았다. 나는 누나의 손을 꼭 잡았다. 우리는 서로 껴안은 채로 가만히 있었다. 관객을 두려워하는 배우들 같았다. 천천히 손을 올려 누나의 볼을 쓰다듬었다. 누나는 고개를 기울여 나의 눈을 보았다. 누나의 건조한 입술이 보였고 감은 눈도 보였다. 우리는 천천히 키스를 했다. 느리게 혀를 움직였다. 화가 난 사람을 달래는 키스였다. 우리는 서로에게 조금도 화가 나 있지 않지만 미안하다고 말하고 있는 움직임이었다. 서서히 온몸이 뜨거워졌다. 긴장 때문에, 불안 때문에. 얼핏 사장이 손끝으로 소파 손잡이를 두드리는 것이 들렸다. 우리는 꽉 끌어안은 채로 계속해서 키스를 해 댔다. 우리는 점점 싸우는 것 같기도 하고 싸우기 위해 애쓰는 것 같기도 해. 누나와 나는 누가 떼어 내기라도 하는 것처럼 붙어서 키스를 했다. 다정한 키스는 안녕. 누나와 나는 때리는 대신 혀를 움직이겠다는 각오를 가진 것처럼 움직였다. 때릴 마음이 없더라도 그렇게 행동했다. 어느 순간인지 지친 두 사람의 입술이 서서히 멀어졌다. 나는 누나의 얼굴에서 손을 떼고 가만히 섰다. 누나도 내 허리에서 손을 놓고 똑바로 섰다. 긴장과 피로가 머리끝에서 타고 내렸다. 텅 빈 바 안은 다시 텅 빈 무대 같아 보였다. 키스는 좋았나? 좋았던 것도 같다. 나는 얼마나 웃겼어? 우리는 사람들을 웃겼어? 울릴 수도 있는 거라면 그렇게 했나? 응? 사장의 입은 웃고 있었다. 한편 눈은 슬퍼 보였다. 나와 누나는 사장을 울고 웃겼나 봐. 누나는 주방으로 들어가 물을 마셨다. 나는 주저앉아 고개를 흔들었다. 무대는 사라졌다. 나와 누나는 이제 더 이상 우스워지거나 불쌍해지지 않아도 될 것이다.

누나는 계속 술을 마신다. 하루에 세 잔쯤. 많은가? 특별히 스퍼트를 내서 마시는 것은 아니고 하루에 세 잔, 세 잔쯤을 매일 마시는 것이다. 생맥주를 한 잔 따라 마시고 그 잔에 얼음을 채워 위스키를 마시고 같은 것을 한 잔 더 마신다. 술은 누나의 목구멍을 따라 넘어간다. 누나의 목이 움직이는 것이 보인다. 나는 술을 넘기는 누나의 목이 아름답다고 생각한다. 그 순간 누나의 목만이 보인다. 누나가 점점 술을 아름답게 넘길수록 누나는 점점 부주의해졌다. 이제 누나는 위스키를 따르다 사장에게 자주 들켰다. 사장은 처음에는 누나가 돈도 안 받고 나를 도와주는 것을 좋아했다. 아르바이트할 생각은 없느냐고 가볍게 물었던 적도 있었다. 하지만 이제 누나는 점점 더 굉장히 황당한 사람으로 보이고 있었다. 누나는 누나의 남자 친구가 일하는 가게로 와서 말도 없이 비싼 술을 마셔 댔다. 그리고 바에 기대어 담배를 피운다. 손님이 있든 없든 누나는 개의치 않았다. 누나는 거리끼는 것이 없었다. 늘 조금은 취해 있어서 그런지도 몰랐다. 누나는 조금씩 술을 늘려

갔고 그에 발맞추려는 의도는 없었으나 나는 자꾸만 살이 쪄 갔다. 누나는 세 잔씩 마시다가 네 잔씩 마시다가 다섯 잔씩 마셔 댔다. 나는 왜인지 모르겠으나 자꾸만 살이 쪘다. 이전만큼 먹었으나 이전보다 더 쪄 갔다. 달라지지 않은 것은 누나의 구두 소리뿐이었다. 구두 소리는 취하지 않았다. 구두 소리는 누나보다 바람직했다. 누나의 술이 느는 것이나 내 몸무게가 느는 것이나 둘 다 누구의 자의는 아니다. 그것은 사건도 사고도 아니고 습관이었다. 한번 시작되면 멈출 수가 없었다. 아마 시간이 지나면 사건이나 사고의 결과처럼 나빠져 있을 것이다. 그리고 우리는 이미 나빴다. 바에서 잘린 것은 그즈음이었다. 누나가 계속 취한 채로 서빙을 하고 취한 채로 더 취하기 위해 비싼 술을 마셔 댈 즈음이었다. 나라고 특별히 나은 것은 없었다. 나는 특별히 잘하는 것 없는 아르바이트생이었으나 누나가 내 여자 친구였다. 나는 그것이 아무렇지도 않았지만 사장은 그렇지 않았다. 사장은 나더러 니가 날 얼마나 괴롭게 하는지 아느냐고 했다. 마음이 답답해 견딜 수가 없다고 했다. 마지막으로 충고 한마디 하겠는데 어딜 가도 그렇게 행동하면 잘릴 것이라고 했다. 나는 어디든 가 보아야 되겠다는 생각이 들었으나 우선은 맥주를 사서 집으로 갔다.

한 달이 지난 후 날씨는 무척 따뜻해져 있었다. 문득 이제 사과와 오렌지를 깎을 필요가 없다는 것을 알아차렸다. 사과와 오렌지를 보지 않으니 사과와 오렌지가 나를 붙잡아 주지도 않았다. 여전히 내가 지금 여기서 뭐하는 것인가 하는 질문은 머리 위를 떠다녔다. 이전처럼 사과와 오렌지를 떠올릴 수는 없었다. 사과와 오렌지를 깎는 일로부터 쫓겨났기 때문에 사과와 오렌지를 떠올릴 수는 없었다. 나는 그것이 부끄러웠다. 우리의 아름다운 삼각형은 다시는 다가갈 수 없는 세계가 되었다. 그리고 누나도 없다. 그 모든 것은 의도치 않은 습관이었다. 살이 찌는 것이나 술을 마시는 것이나 누나를 만나지 않는 것이나 모든 것이 그랬다. 누나를 하루 만나지 않는다. 또 하루 만나지 않는다. 그리고 또 하루 만나지 않는다. 모든 습관의 결과는 사건의 결과와 다르지 않다. 누나는 계속 술을 마시고 있을 것이다. 한 달이 지났을 때에야 누나는 맥주를 사 들고 우리 집을 찾았다.

"바에서 잘렸다며?"

"응."

"왜 말 안 했어?"

"안 물어봤잖아."

"짜증 나."

"술 좀 그만 마셔."

"너나 그만 마셔."

우리는 동시에 맥주 캔을 찌그러뜨리고 새 캔을 따 마셨다. 누나는 맥주를 다 마시자 가려고 일어섰다.

"왜 가?"

"짜증 나고 피곤해."

"있다 가."

"곧 너네 엄마 오시잖아."

"그래도 있다 가."

"됐어."

"있다 가라니까."

누나는 구두 소리를 내면서 나가 버렸다. 누나가 나가고 나서야 술을 넘기던 누나의 목이 떠올랐다. 그것을 잊고 있었던 것이 아쉬웠다. 바에서 위스키를 꼴깍꼴깍 넘기던 누나의 목은 목 그 자체로 살아 있는 것 같았다. 나는 누나도 이 습관의 결과에 대해 알고 있는지 묻고 싶었다. 나는 몹시 부끄러웠지만 용기를 내어, 사과와 오렌지가 있던 시절이 더 나았다는 것을 인정했다. 지난 한 달간 날은 따뜻해졌고 햇살은 점점 더 선명하게 방 안으로 쳐들어오고 있지만 어떤 새로운 세계가 생겨난 것은 아니었다. 나는 사과와 오렌지 말고는 다른 삼각형은 가져 본 적이 없다. 사장은 출근 전에 사람도 만나고 음악도 듣고 영화도 본다고 했다. 그림도 좋아하고 여행도 좋아하겠지. 사장에게는 얼마나 많은 삼각형이 있을까 생각해 보았다. 나는 그것이 부럽지도, 그것에 괴롭지도 않았다. 다만 누워서 하늘을 보는 것처럼 거대한 어떤 것에 점령되는 기분이었다. 그리고 누나는 다시 매일같이 나를 찾아왔다. 우리는 석연치 않음을 마음속 깊이 품은 채로 같이 옷을 벗고 핥고 빨고 올라탔다. 나는 돈을 버는 일을 시작했다. 직업소개소에 가면 일을 주었다. 나는 젊었고 어디가 젊은 걸까 생각해 보자면 삽질을 하고 벽돌을 지기에, 오직 그런 데에만 젊었으니 그곳에서는 나에게 일을 주었다. 그러나 나는 벽돌을 지지도, 시멘트 포대를 이지도 않았다. 나는 상가 화장실 앞 바닥을 새로 까는 일을 시작하였다. 실제로 대단하게 바닥을 들어내어 깔거나 하는 것이 아니라 정사각형모양의, 얇은 장판처럼 생긴 것을 바닥에 붙이는 일이었다. 한 줄을 다 붙이면 다음 줄에 본드를 발라 재빨리 각에 맞춰 붙여야 했다. 본드가 마르기 전에 말이다. '본드가 마르기 전에', '각에 맞춰' 그것이 이 일의 핵심이었다. 그 둘만지키면 되었다. 같이 일하는 형은 본드를 맡지 말라고 했다. 머리가 나빠진다고 했다. "쉬면서 해. 본드 계속 맡으면히내리 돌아서 밥도 못 먹어." 형은 마스크를 쓰고 악착같이 본드를 안 맡으려 했다. 우리는 세 줄을 붙이고 잠시 쉬었다. 자판기에서 커피를 뽑아 마시거나 담배를 피웠다. 본드를 맡고 담배를 피우면 배가 고픈지 안 고픈지 알 수 없어진다. 아무 생각이 안 나. 이런 혼잣말이 계속해서 나왔다. 아무 생각이 안 나. 나는 각을 열심히 맞추는 척을 하며 큰 숨을 들이마셨다. 어지럽다. 기분이 나쁘게 어지럽다. 그것도 잠깐. 나는 아무 생각이 안 나. 다시 혼잣말을 하게 된다. 배가 고프지도 않고 아무 생각이 나지도 않는다. 말을 한다. 배가 고프지도 않고 아무 생각이 나지도 않는다. 그것은 좋다. 신경 쓸 것이 없다. 그것은 좋은 것일까. 걱정이 없다. 의심이 없다. 나는 각을 맞추는 자세를 하고 다시 힘껏 숨을 들이마셨다. 희고 끝없는 커다란 세계. 아무 생각이 안 나. 그것은 좋은 것이다. 아무 생각이 안 나. 그리고 나는 힘껏 각을. 그리고 힘껏 큰 숨을.

누나와 나는 손을 잡고 바닥에 누워 있다. 바닥 까는 일이 끝나고 남은 본드를 집에 가져왔다. 누나를 보면 궁금한 게 많아지고 이 깊은 곳에 있는 것이 무엇인지 너는 대체 무슨 생각을 하는지 힘을 주어 어깨를 붙잡고 흔들고 싶어지니 나는 본드를 맡았다. 아무 생각이 안 나. 나는 다시 코를 박았다. 누나는 내 발을 찼다.

"머리 아프다니까."

"잠깐만."

"머리 아프다고 했잖아. 계속 말했잖아."

누나는 손을 풀더니 내 몸 위로 올라왔다. 두 손으로 내 어깨를 눌렀다. 가벼운 누나는 온 힘을 실어 내 어깨를 눌렀다. 누나는 점점 더 힘을 주어 내 어깨를 눌렀다. "야!" 누나는 주먹 쥔 손으로 어깨를 치면서 "야!" "야!" 하고 불렀다. 나는 느린 속도로 눈을 천천히 뜨고 다시 천천히 감고 다시 천천히 뜨며 누나를 바라보았다. "너 요새 뭐 해?" 나는 왠지 웃음이 났다. 누나는 왜 그 말이 나왔을까. 누나는 그게 궁금한 것일까. 나는 웃음을 띤 채로 그것도 아주 큰 웃음 띤 채로 몸을 벌떡 일으켜 소리를 질렀다.

"일해!"

"일──."

누나는 내 어깨를 흔들었다. 누나는 소리를 질렀다. 누나는 가쁜 숨을 쉬었다. 그리고 나를 똑바로 쳐다본 채로 말을 했다. "너, 바 사장이 런던에서 살았었다는 이야기 들었어? 이상해. 그리고 나 정말로 학교가 가기 싫어. 하지만 갈 거야. 정말로 갈 거야." 나는 계속 웃음이 나왔다. 누나는 주먹 쥔 손으로 내 얼굴을 쳤다. 나는 누나를 밀쳤다. 나는 계속 웃음이 나왔다. 나는 아무 생각이 안 나. 더 많은 삼각형이 어떤 건지 모르겠어. 우리는 사장과 친하지도 않은데 게다가 사장은 나를 자르기까지 했는데 왜 사장 이야기를 우리는 하고 있는 거야. 누나는 다시 내 몸 위로 올라와 나를 끌어안았다. 누나는 작았다. 나는 누나보다 컸다. 꽤 컸다. 팔로 누나를 감았다. 누나는 사과만큼 작아. 오렌지만큼 작아. 나는 한 손으로 오렌지를 쥐고 짓이겨 버릴 수도 있어. 팔에 힘을 주었다. 하지만 누나는 사과도 오렌지도 삼각형도 아닌 그냥 누나였다. 나는 사과와 오렌지 말고는 어떤 삼각형도 가져 본 적이 없음을 알았고 앞으로 어떤 삼각형도 나타나지 않을 것이라는 것도 알았다. 나는 그 사실에 대해 두려워하는 것일까. 아무 생각도 나지 않았다. 본 것이 없으니 그리는 것도 없다. 아는 것이 없으니 무서운 것이 없다. 누나는 아는 것이 많으니 무서워하고 있다. 심지어 대학까지 다니잖아. 누나는 무서워하고 있었다. 런던 같은 데가 있을까 봐. 런던 같은 데서 누가 살고 있을까 봐. 가 본 적도 없고 앞으로 갈 수도 없을 것만 같은데 누군가 살았다고 하니까. 나는 누나가 오렌지처럼 토끼처럼 병아리처럼 작고 귀여웠다. 누나 학교도 다니지 말고 나와 본드나 마시자. 다시 상가에 바닥 까는 일을 할 수 있으면 본드 통을 가져올 수 있을 텐데. 온몸이 말랑말랑해지고 있다. 바람 빠진 풍선처럼. 뚱뚱하고 늙은 여자의 팔처럼 말이다. 나는 무서워하며 울고 있는 누나의 얼굴을 보았다. 손으로 누나의 볼을 감쌌다. 내가, 적어도 무서워하고 있지 않다는 것이 누나에게 도움을 줄 수 있을까. 나는 누나의 입에 내 입을 대었다. 그리고 누나의 입속에 혀를 넣었다. 누나. 나는 무서운 것이 없어. 누나 그리고 나는 온몸이 말랑말랑해. 나는 젊지만 벽돌을 지는 데만 그래. 이미 말랑말랑해. 뚱뚱하고 늙은 여자의 팔처럼. 뚱뚱하고 늙은 남자의 목처럼. 그리고 나는 꼭 그래. 이미 말랑말랑해. 이미 늙었어.

여전히 나는 모든 게 같다고 생각해. 시간은 천천히 흐르지만 하는 일은 없다. 다른 사람들은 시간이 빠르다고 해. 그리고 그 사람들은 많은 것들을 한다. 언젠가부터 시간은 천천히 흘렀다. 나는 내 시작이 그랬던 것 같다. 시간이 빨리 흐른 적이 없었다. 늘 하루가 길기만 하다. 태어날 때부터 지루하고 이미 늙은 사람 같다. 나는 할아버지가 손녀를 보는 것처럼 누나를 보았다. 누나는 사과 같고 오렌지 같고 사슴 같고 토끼 같다. 누나는 내가 보는 것을 평생 보지 못할 것이다. 그것은 나 역시 마찬가지이다. 나는 사장이 본 것을 보지 못해 우는 누나가 보는 것을 평생 보지 못할 것이다. 사장은, 사장도 같아. 이것으로 우리 셋은 똑같다. 우리는 누군가의 삼각형이 되지 못하지만 우리 셋은 같다. 이것으로 우리 셋은 똑같다.

안 해

기세가 좋다고 생각했다. 창문 너머 여자애는 검은 옷 남자를 발로 차고 방문을 열고 뛰쳐나갔다. 저렇게 뛰쳐나 가도 곧 잡히고 말 텐데, 불필요한 일이었지만 여자애는 에 너지로 가득 차 있었고 정말로 기세가 좋고 자세가 훌륭 하다는 말 이외에는 설명할 말이 없었다. 기세가 좋네, 자 연스럽게 혼잣말이 나왔다. 죽을 것 같은 순간이니까 다 들 저렇게 용기 있게 뛰쳐나갈 수 있다고 생각할 수 있지 만 일주일 동안 지켜본 바로는 절대 아니야. 모두 저렇게 뛰쳐나갈 수 있는 것은 아니었다. 확실히 그때 여자애는 남달랐다. 나는 옆방 창문을 통해 여자애를 보면서 저 여 자애가 살아남을 수 있을 것인가 갇힐 것인가 검은 옷 남 자는 저 애를 놔둘 것인가 붙잡아 가둘 것인가를 생각했다. 뛰쳐나간 여자애는 1분도 되지 않아 다시 검은 옷 남자에게 끌려왔다. 검은 옷 남자는 여자애에게 마이크를 쥐여 주고 다시 노래를 시켰다. 여자애는 증오로 가득한 표정을 하고 노래를 부를 줄 알았지만 의외로 그저 피로한 표정으로 노래를 부르기 시작했다. 그리고 검은 옷 남자는 여자애를 그냥 놔뒀다. 나처럼. 여자애의 친구는 진작 잡아다 가뒀으면서 여자애는 살려 두었다. 나처럼. 그게 3일 전의 일이다.

검은 옷 남자가 여주를 살려 둔 이후로 노래방에는 나와 여주가 함께 있다. 여주와 함께 있기 전 나는 혼자서 검은 옷 남자를 도왔다. 검은 옷 남자는 나에게 음료수를 나르라고 청소를 하라고 시켰다. 그 외의 시간에는 노래방 안 소파에 마주 보고 앉아 자신의 이야기를 듣게 했다. 남자는 이야기를 시작하기 전 꼭 내 어깨를 두어 번 두드려서 나는 남자의 얼굴이 가까워지면 아 이제 시작인가 싶어졌다. 남자는 집 아내 자식 엄마 아빠에 대해 돈에 대해 부동산과 주식에 대해 이야기하지 않았고 그렇다고 술 마시고 여자를 만나는 이야기라든가 왠지 아저씨들이 할 법한 이야기들도 하지 않았다. 그렇다 보니 정말 검은 옷 남자는 결혼을 했는지 노래방을 해서 살 만한지 뭐 빚이 있다든가 만나는 여자가 자기보다 나이 많은 유부녀라든가 여하튼 남자의 개인적 생활에 대해서는 알 수가 없었다. 남자는 오직 한 가지 주제에 대해 이야기했는데 그것은 바로 하……, 노래였고 지금 또 노래 이야기를 하는 거야? 싶게 노래에 대해 자주 이야기했고 그 태도는 늘 진지해서 어쩐지 나의 리액션을 요구하는 듯했지만 나는 이 남자가 나를 죽이려는 건가 그냥 가두고 일을 시키려는 건가 늘 복잡한 심경이어서 대체 어떤 반응을 보여야 하나 혹은 앞으로 대체 뭐가 어떻게 되는 건가 물어도 되는 건가 그러니까 남자가 한 사람의 인생과 노래에 대해 생각한 결과를 진지하게 말하는 중간에 끼어들어 말을 해도 되는 건가 고민하느라 어정쩡한 반응만 보일 수밖에 없었다. 그렇게 며칠이 지나고 여주는 친구와 노래방에 놀러 왔다. 손님으로. 당연히 그냥 여고생들처럼 아무런 의심 없이 아 노래나 부를까 하는 표정이었다. 여주의 친구는 화장실에 가다가 검은 옷 남자에게 붙잡혀 노래방 뒤 쪽방에 갇혔고 여주는 아무것도 모른 채 노래를 불렀다. 10분 20분 여주는 아마 이상하다고 생각했겠지? 왜 친구가 안 올까 의심스럽지만 뭐 늦나보네 싶었겠지? 여주는 마이크를 들고 노래를 불렀고 검은 옷 남자는 여주가 노래를 부르는 방 앞에서 팔짱을 끼고 여주를 바라보았다. 여주가 뒤를 돌아보았을 때 남자는 흔들림 없이 그저 정면을 노려보고 있었고 여주는 그런 남자를 보고 놀랐지만 못 본 척하고 노래를 불렀다. 그리고 참을 수 없어져 다시 뒤를 돌아보고 억지로 웃음을 지어 보이고 손을 더듬어 핸드폰과 가방을 챙겨 전화를 거는 척하며 밖으로 나오려 하지만 검은 옷 남자는 문을 발로 차고 여주를 가둔다. 나는 이 모든 것을 옆방에서 보았다. 여주는 부들부들 떨면서도 울지는 않았고 우선은 남자를 지켜보며 남자가 빈틈을 보일 때 기세 좋게 검은 옷 남자를 발로 차고 그 정신없는 와중에 테이블도 남자 위로 넘어뜨리고 방문을 열고 달려 나갔다. 하지만 노래방 입구 문은 내가 이미 안으로 자물쇠를 채워 놓았는데. 여주는 1분도 못 되어 검은 옷 남자에게 끌려왔다. 그때 나는 넋 놓고 여주를 쳐다보다 검은 옷 남자와 눈이 마주쳤고 검은 옷 남자는 눈짓으로 내게 말을 했다, 노래를 불러. 나는 테이블 위 노래방 책을 뒤적거리며 뭔가를 눌렀다, 부른다. 이제 부를 게 없다 진지해지지가 않아 하지만 부른다 시키니까 불러 부른다 불러.

노래방에 온 건 병준과 함께였다. 우리는 심심했고 친구들을 불러 술을 마셨고 그러다 노래방에 가면 진지하게 노래하는 뭐 그런 남자애들이었다. 진지해. 검은 옷 남자만큼은 아닌데 꽤 진지하게 노래를 불렀다. 함께 술을 마시던 애들은 그날따라 일찍 집으로 돌아갔고 나와 병준만이 남아 노래방에 갔다. 병준은 노래를 잘해, 사실 노래만이 아니라 다른 것도 곧잘 하는 그러니까 뭐든 시작하면 못해도 보통은 하는 애였고 뭣보다 자기 자신에 몰입하는 사람이라 노래방에 가면 듣는 사람을 약간은 쑥스럽게 했지만 결국은 재밌게 했고 감동도 주었다. 병준은 눈을 감고 열창을 했고 노래를 부르는 병준을 보면 정말 노래에 감정을 담고 있어 자기 노래에 자기가 집중하고 있어 뭐 이래 싶어서 웃고 싶어졌다. 그러나 병준은 집중하고 있고 이럴 때 웃으면 예의가 아니잖아? 그래서 아무 말없이 쳐다보고 있다 보면 병준은 노래를 잘하니까 어느새 듣는 사람도 노래에 귀를 기울이게 되었다. 나와 병준은 친하고 나는 병준을 좋아해 근데 자기 자신에 심하게 집중하는 사람과 늘 같이 지내다 보면 종종 혼자 방에 누워 이게 뭔가 나는 뭐지 싶은 기분이 드는 순간이 생길 수밖에 없었다. 그걸 눈치채지 못하고 있다가 검은 옷 남자가 병준을 가둔 후에야 알 수 있었다. 이전까지 막연하게 알던 것을 병준이 사라지고 내가 남자 알았다. 아 이게 그 때문이었구나 뒤돌아서 느껴지던 허탈함은 그 때문이었구나 하고 알게 되었다. 병준과 매일매일 놀 때는 어렴풋하던 것이 병준이 사라지니까 분명하게 나타났다. 너는 그런 사람이고 나는 이런 사람이고 너와 나는 다른 사람이구나, 알았다. 그런데 아는 것만으로는 달라지는 것이 없었다. 병준이 살아서 돌아온다면, 그래서 우리가 또다시 노래방에 가고 술을 마시고 떠들게 된다면 나는 병준의 입을 막을 수 있나? 내가 탁자 위로 올라가 더 크게 떠들 수 있나? 아니 탁자 위로 올라가서까지 할 말이 있긴 해? 아는 것으로 내가 병준을 흔들 수 있나? 나는 천장에 대고 물었지만 확실한 게 없다. 도무지. 어쨌거나 매일같이 검은 옷 남자의 노래론 음악론 그 두 가지가 인생에 작동하는 방식에 대해 듣다 보면 검은 옷 남자와 병준은 잘 맞을 수밖에 없는 사람들이었는데 왜 검은 옷 남자는 병준을 가뒀을까 싶어졌다. 병준은 노래에 대한 생각이 많았고 자기 이야기만 하고 그건 검은 옷 남자도 같잖아. 남자가 이야기할 때의 표정은 병준이 노래 부를 때 표정과 정말 똑같아, 똑같이 진지하고 둘 다 자웅을 겨뤄 볼 만한 나르시시스트다. 그런데 왜 병준을 가두고 나를 살려 두었지? 지난 일주일 내내 나를 괴롭히던 질문이 그것이었다. 내가 언제까지 살아 있을지는 모르겠지만 남자가 대체 나를 어떻게 할지는 모르겠지만 왜 병준이 아니고 나지? 왜 내가 살아 있지? 오히려 노래를 못해서? 아무런 쓸모가 없다는 점이 아무거나 시킬 수 있을 것 같아서? 이렇게 갇혀 있으면 하루하루 살수 있을 것인가에 대해 고민할 거 같지만 고민해 봐야 알수 없다는 생각이 드는 상황에선 오히려 자포자기 딴생각을 했다. 그러니까 아까 말했던 생각 같은 것. 왜 내가 살았지? 왜 내가 음료수를 나르고 때 되면 밥 먹고 중간중간

낮잠도 잘 수 있는 거지? 병준은 죽었을지도 모르는데 아직 안 죽었더라도 남자의 말에 따르면 입에 재갈이 물린 채로 손발이 묶여 물도 못 마시고 있을 텐데. 왜 나지? 왜 난가? 그런 생각을 하고 또 하고 뭐 그러다 말았다.

검은 옷 남자는 여주의 팔을 뒤로 묶고 난 후 나를 불렀다. 나는 열심히 노래를 부르는 척을 하다 옆방으로 갔다. 창밖에서 보던 에너지가 넘치던 여자애는 실제로 보니 그저 평범했고 이제는 피곤해서 자포자기한 모습이었다. 며칠간 지켜본 검은 옷 남자는 어떤 기준에선지 사람들을 고른 후 가두었고 누군가는 가두지 않고 계속해서 노래를 시켰다. 병준은 가둔 것이고 나에게는 노래를 시킨 것이다. 노래를 부르고 또 부르고 정말로 열심히 부르는 게 어떤 건지 알게 되면 그때 그 사람의 노래가 완성되는 거야 뭐 그런 이야기를 하루에도 몇 번씩 했는데 그게 대체 무슨 소리야? 나는 가두어지지 않은 대신 노래와 저런 이야기를 끊임없이 견뎌야 했는데 멍하게 듣다 보면 저게 무슨 소리인가 싶어서 도무지 집중이 되지 않았다.

"이렇게 팔을 뒤로 묶은 채로 니가 옆에서 마이크를 대 주면 열심히 노래하게 될 텐데."

"네?"

"서편제 안 봤어?"

"서편제요?"

"어. 서편제."

"서편제에서는 약을 먹이는데요."

"아니야. 서편제에서도 그러는데. 그렇게 노래시키는데. 약도 먹이고 여자애 팔을 묶고 오빠는 발을 묶고 서로 도와주라 그러는데. 그래서 손발을 묶은 끈이 풀어지면 쉬어라 그러는데. 그런 시간을 견디면 자기 소리를 찾는 거야. 그걸 보여 주는 거야. 임권택 감독은."

노래를 찾으면 소리를 찾으면 그러면 그 사람의 몸은 노래가 되고 죽음과 동시에 노래가 터지는 거야. 이것도 검은 옷 남자가 주장하는 이야기. 검은 옷 남자는 책상 위의 마이크를 내게 건네며 옆에 앉아서 마이크를 대 주라고 했다. 여자애는 웃기지도 않는다는 표정으로 나와 검은 옷 남자를 쳐다보며 목마르니 물을 달라고 했다. 그러거나 말거나 검은 옷 남자는 나의 발을 묶어 못 움직이게 한 후 여주의 옆자리에 앉혔고 묶이지 않은 팔은 마이크를 들게 했다. 여주는 아무 번호나 눌러 달라고 했고 우리는 나란히 앉아 「칠갑산」을 불렀다. 남자는 왠지 흡족한 표정으로 「칠갑산」을 듣다가 노래가 끝나자 박수를 쳤다. 잠시 후 검은 옷 남자는 생수와 컵라면을 들고 와 집에 가야 되니 얼른 먹으라고 했다. 검은 옷 남자는 잠시 동안 여주의 팔을 풀어 주었고 대신 발을 묶었다. 우리는 허겁지겁 컵라면을 먹었고 남자는 나를 3번 방에 던져 넣고 문을 잠갔고 여주는 그대로 두고 문을 잠갔다. 그리고 돌아갔다. 자기 집으로? 아마. 남자는 오래된 상가를 임대해서 살고 있다고 했다. 아침이 되면 옆집 고양이에게 노래를 가르쳐 준다 이제 고양이도 나를 내 노래를 알아봐 나는 늘 환한 마음을 가지고 살려고 해 그래야 좋은 노래가 뭔지 알겠지. 남자의 혼잣말이었다. 혼잣말이지만 매일 크게 들으라는 듯이 말하니 혼잣말일 리가 없잖아. 게다가 깨달은 표정이야. 그냥 우리에게 용돈을 주면서 맛있는 거 먹고 서로 미워하지 말고 잘 살아라 그러면 좋은 노래가 될 텐데 환한 마음은 그런 것일 텐데. 고양이는 노래를 듣고 싶어 하지도 않는다, 가르친다고 당신 마음대로 되는 것도 아니잖아. 그렇게 중얼거리다 잠이 들었다. 혼자 방에 갇혀 있는 시간이 되어야 할 말을 할 수 있었다. 중얼중얼.

여주가 갇힌 날, 노래방 안에 누군가가 있다는 생각이 들자 이전보다는 편히 잠들게 되었다. 여주는 나랑 비슷하게 노래는 그저 그랬고 아니 못 부르는 쪽에 가깝고 그렇다면 정말 남자는 그저 그런 애들을 골라 살려 두는 건가. 어쨌거나 그날은 여주 때문이 아니더라도 이상하게 마음이 편안했는데 왠지 내가 생각하는 것보다 모든 것이 나쁘지만은 않다는 생각 때문이었다. 검은 옷 남자는 때리지도 않고 좀 폭력적이지만 노래를 시키는 것 말고는 심하게 굴지도 않고 가끔 자장면 같은 것도 시켜 주고 그러니까 언젠가 돌아갈 수만 있다면 크게 걱정하거나 무서워할 필요도 없지 않나 싶었다. 그리고 나는 다시 병준을 생각했다. 병준은 노래를 잘해서 노래가 뭔지 알아서 갇힌 건가. 왠지 검은 옷 남자는 실제로 병준을 죽이지도 때리지도 괴롭히지도 않고 그냥 노래방 뒤 쪽방에 가둔 채 노래에 대해 생각하거라 이런 훈계만 할 것 같았다. 그건 그것대로 나쁘지만 뭐 처음 생각처럼 병준은 학대당하다 죽어 버리고 죽은 시체는 저수지에 던져지고 뭐 이런 무서운 것은 아닐지도 모른다는 생각이 들었다. 음 그렇게 결론을 내리고 편안하게 자 버렸다. 정말 편안하게 자 버렸다.

다음 날이 되자 남자는 여주를 테이블 위에 앉힌 후 나더러 그 옆에 앉으라고 시켰다.

"부서질 것 같은데요?"

"부서지라고 앉히는 거다. 테이블이 부서진 후에도 노래가 나오면 너희는 뭔가를 조금 알게 될 것이다."

남자는 30분 후 노래를 시작할 것이라고 했다. 그 전까지는 내 이야기를 들어. 너희는 도무지 열심히라는 것을 모르니까 30분간 내 이야기를 들으며 열심히에 대해 생각해. 열심히. 처음에는 어렵겠지만 열심히 하다 보면 깨닫게 되는 순간이 올 것이다. 열심히. 열심히에 도달하면 이제 너희의 소리와 너희의 노래가 완성되고 완성이 되면 너희는 이제. 이제 노래가 되어 세상으로 날아가는 거다, 그게 노래다. 검은 옷 남자는 그간 지겹게 했던 이야기를 다시 했고 나는 벌써 발이 저렸다. 검은 옷 남자와 있다 보면 왠지 억지로라도 노래에 대해 생각해야만 할 것 같았고 실제로도 가끔은 아주 가끔은 검은 옷 남자에게 수긍하게 되어 그런가? 노래에 대해 생각해 보는 건 어떨까 싶어지고 그러다 보면 노래라, 좋은 노래라, 훌륭한 노래라, 그건 다른 사람의 마음을 움직이는 거 그런 거 아닌가 아무 생각도 안 들고 그 사람 목소리만 듣게 되는 뭐 그런 거 아닌가 싶어졌다. 실제로 노래방 안에서 그런 적이 있었다. 세 명의 손님이 노래방에 왔을 때였다. 그 사람들은 노래방에 도착하자마자 테이블을 들어 세워 놓고 소파를 벽에 바싹 붙여 공간을 만들고는 춤을 추기 시작했다. 마이크를 들고 노래를 불렀지만 대체 마이크가 왜 필요한 건가 싶게 노래를 크게 불렀다. 둘은 화음을 만들고 누군가는 허밍을 하고 있고 그 와중에 춤은 땀을 흘리며 제대로 추고 있었다. 나는 이 사람들도 갇힐 것인가 이 사람들이야말로 노래를 아는 사람들인데 이렇게 노래를 열심히 하는 사람들은 본 적이 없는데 왠지 노래에 관해서라면 이 사람들한테 배워야 할 것 같은데 검은 옷 남자보다 이 사람들이 훨씬 더 잘 알고 있는 것 같다고 생각했다. 잘 아는데 그걸 입 밖으로 굳이 내지 않고 직접 보여 주는 사람들이었다. 나와 검은 옷 남자는 옆방에서 넋을 잃고 세 사람의 무대를 보았다. 검은 옷 남자는 늘 노래가 필요하다고 했고 세상에 노래가 필요해 노래를 아는 사람이 필요해 그런 사람들이 세상에 퍼져 나가 이 세상을 흔들어야 해 하고 말했는데 그럼에도 노래를 정말 잘 아는 그 세 사람을 그대로 내보냈다. 무료로 한 시간 추가해 주더니 음료수까지 챙겨 주었다. 이게 뭐야 뭘 알기는 아는 거야 저 사람들이 세상에 퍼져야지 나 같은 걸 바꾸려고 해 봐야 뭐 해 바뀌지도 않지 바뀌어도 저렇게는 절대 못 될걸? 뭐 그렇다고 그 사람들이 갇혀야 한다고 생각하는 것은 아니었다. 검은 옷 남자 혼자서 가둘 수도 없을 테고, 어쨌거나 웃기지도 않는다고 생각하며 세 사람이 나간 방을 청소했다.

여주는 내가 테이블 위로 올라오자 기다렸다는 듯이 팔로 나를 밀쳐 냈다. 그러고는 아무렇지도 않게 테이블을 내려왔다. 가뿐히 내려와 소파 위에 앉았다.

"너는 또다시 너 자신으로 돌아왔구나. 그게 어떤 건지 알기나 해?"

"몰라. 나도 나를 모르는데 아저씨가 보는 나를 어떻게 알지?"

남자는 다시 말을 시작한다. 너는 새로운 자신으로 나아가야 해. 열심히의 세계로. 아름다움과 정신과 정열의 세계로 새로운 세계로 가야 해. 이러면 안 돼. 테이블이 부서질 때까지 자신을 부수고 테이블이 부서짐과 동시에 자신도 부수고 태어나야 해 새롭게. 그러니까 너는 생각해 봐. 너는 아냐. 너는 지금 셀린 디옹도 아니고 코트니 러브도 아니고 이렇게 가다간 영영 되지도 못해. 니가 뭐가 되겠니? 너는 그렇다고 엘라 피츠제럴드라든가 그런 쪽도 아니잖아. 그쪽으로는 싹수가 안 보여, 여하튼 내가 하려는 이야기는 뭐냐, 너는 그러니까 아름다운 건 못 된다는 거야. 왜? 너는 사태를 제대로 보려고 하지 않으니까. 똑바로 보라고, 그게 미래인데 그게 아름다움인데 그쪽으로 가야 해 그렇게 가야 한다고 학생. 다른 길이 있겠어? 다른 사람을 봐 뭐가 될 만하니 다 웃기지도 않지. 그러니까 계속 생각해 봐. 자자. 뭐 생각하다 보면 누군가 될 만한 인물도 있기야 하겠지. 어쨌든 그런 사람들처럼 되어야 하지 않겠어? 얼른 테이블을 부숴야지. 우리가 세상을 뒤흔들어야지. 남자는 여주의 어깨를 붙잡고 말한다.

그러거나 말거나 여주는 노래 같은 건 안 부르겠다고 했다. 그게 다 누구야? 꺼지라 그래. 셀린 디옹이라니 마돈나라면 생각해 보지. 흠 토가와 준이라면 몰라. 여주는 낮은 목소리로 팔짱을 끼고 검은 옷 남자에게 물었다. 이제 어떻게 할 거야? 나를 죽일 거야? 남자는 말이 없고 여주는 나를 보며 미친놈 니가 더 미친놈이야 어떻게 가만히 있을 수가 있지?라고 말했다. 진짜 한심하다는 표정으로 나를 보고 있었다. 아니 뭐 나도 가만히 있는 건 아닌데 하는 생각이 들었지만 여주에 비하면 가만히 있는 거지. 나 역시 여주처럼 친구가 갇혔다는 것도 알고 갇히지 않은 내가 살 수 있을지 없을지도 모르지만 아무 생각이 없고 의욕도 없고 왠지 고분고분하게 있으면 풀어 줄 것 같으니까 풀어 주면 얌전히 집에 돌아갈 생각이었으니까. 그러니까 여주의 말에 반박을 할 수가 없었다. 그래서 가만히 있을 수밖에. 사실 갇혀 있는 병준이 크게 걱정되는 것도 아니었다. 조금은 걱정이 되고 마음이 무겁기도 했지만 그걸로 전전긍긍하지는 않았다. 그래지지가 않았다. 왜 병준이 걱정되지? 한편으로는 미친 듯이 걱정하지 않는 게 당연한 것이라는 생각도 들었다. 왜냐면 나는 나도 걱정 안 하니까. 나를 걱정 안 하니까 병준을 걱정할 수 있을 리가 없다. 나 자신을 우습게 생각하니까 누구도 마음 깊이 염려할 수 없지. 왜 가만히 있나 왜 가만히 있나 스스로 물어보지만 물어볼수록 서글퍼졌고 그 서글픔은 점점 명확해졌고 그 명확함은 가느다란 실이 되어 나를 묶는다. 정말로 나는 여주의 말처럼 가만히 있는 게 맞다 맞아 나를 위해 움직이지도 다른 사람을 위해 움직이지도 않아 가만히 있어 그러다 보니 더 가만히 있을 수밖에 없었다. 게다가 이미 여주의 말에 발이 꽁꽁 묶여 더욱더 가만히 굳어 가고 있는 중이었다. 나와 검은 옷 남자에게 주제를 파악하라는 듯이

직언을 한 여주는 그러고 피곤했는지 졸리니까 자겠다고
했다. 문 닫고 나가. 그리고 나 자고 있을 동안 어떻게 할지
생각해 봐. 맨날 우리한테 노래에 대해 생각하라 마라 하
지 말고 당신이나 생각해. 말을 마친 여주는 소파에 드러
누웠다. 두 남자의 눈앞에 여주의 등이 보였다. 단호하다
고 생각하며 나는 비실비실 일어나 나갔다. 나는 여주가
들어오고 편하게 잠이나 잤는데 여주는 생각이라는 것을
했겠지? 그러니까 생각이 정리가 되니까 저렇게 간단히 말
을 할 수 있겠지? 그러면 나는 나는 어떻게 해야 하나 하
고 고민하려는 찰나 남자는 다시 여주에게로 다가가 여주
를 둘러업고 나가 제일 멀리 있는 10번 방에 던져 넣었다.
여주의 몸이 소파로 떨어지는 소리가 들렸다.

"카운터를 봐."

"네?"

"너는 듣고 있으면서도 못 들은 척을 하는 습성을 가졌
지. 카운터를 보라고. 손님이 올 거라고. 카운터를 보고 손
님을 받으라고. 나는 생각을 하겠다. 생각과 노래는 같은
방법으로 자라나지. 생각을 하고 또 하면 그 역시 열심히
의 세계에 들어오게 되고 그 이후에는 모두 도달이라는
것을 할 수 있다. 도달의 세계에 도착할 수 있다."

나는 3번 방에 앉아 있는 남자를 뒤로하고 카운터에 가
서 앉았다. 아무도 오지 않는다. 애초에 손님도 별로 없었

다. 애초에 손님도 별로 없고 낡고 이름도 이상하지 구름
새 노래방 이런 데 오는 게 아니었다. 여주야 너는 똑똑하
고 말도 잘하면서 왜 이런 데 왔니? 나는 멍청하고 생각도
없고 병준이는 왠지 레트로해서 좋다고 증말 다시 생각해
도 민망한 말을 하며 왔지만 너는 안 그렇잖아. 나는 냉장
고의 캔 커피를 마시며 졸린 눈을 비볐고 10번 방에 던져
진 여주는 잠을 잔다고 했으니 잠을 자겠고 검은 옷 남자
는 생각을 한다 생각이라는 것을. 사실 나에게도 생각이
라는 것이 있어, 어제 노래에 대해 생각했거든 검은 옷 남
자의 주입 때문에 한 번은 하지 않을 수가 없었던 것도 있
고 그러니까 너만 생각이라는 것을 하는 게 아냐 나도 생
각이라는 것을 해. 물론 내 생각은 아무에게도 도움이 되
지 않고 여기서 어떻게 나갈지 이런 건설적인 것도 못 된
다. 검은 옷 남자에게 금방 수긍하고 노래에 대해 생각해
버리는 그런 어처구니없는 짓을 생각이라고 우기고 있는
것이다. 그래도 생각을 안 하는 것은 아니라고. 솔직히 말
하면 검은 옷 남자는 뭐랄까 지망생의 생각과 마음을 갖고
있었다. 반면에 나는 지망생도 못 되기 때문에 오히려 노
래라는 주제에 대해 객관적으로 생각할 수 있다고. 남자는
열심히에 대해 말하지? 하지만 잘못 알고 있습니다. 열심
히 한다고 되는 것도 아니고 열심히 해서 되는 게 있다면
아 나는 열심히 하는데 왜 다른 사람들은 열심히 하지 않

지? 하는 비뚤어진 교정 의식과 아 나는 열심히 하는데 왜 안 되지? 하는 피곤한 자학 이 둘뿐이었다. 뭐 열심히 해서 뭔가 될 수도 있고 그런 게 필요하긴 하지. 나는 게임은 꽤 잘하는데 그건 열심히 해서 잘하게 된 것도 있으니까. 연습이라든가 능숙해지기 위한 시간 같은 게 필요하긴 하지. 하지만 무엇보다 그건 내가 게임을 잘할 만한 필요조건을 충족했기 때문 아닌가. 그 필요조건이라는 건 냉정하게 생각하고 고집 피우지 않는 거 고집부려야 할 순간도 있겠지만 매일 주장할 수는 없는 거라는 거지 그 외에도 많지만 그 필요조건이 뭔지를 일일이 이야기하는 건 복잡하니 놔두고 여하튼 그렇다. 무언가를 잘하게 되는데 필요한 건 열심히가 아니라고 그게 남들이 보기엔 열심히로 보여도 당사자에겐 아니라니까 열심히가 아냐 무작정이 아니란 말이야 좀 더 구체적으로 지목할 수 있는 항목이 당사자와 함께 달려 나가는 거에 가깝다니까. 뭐 양보해서 열심히가 중요하다고 쳐도 정말로 열심히의 세계가 있겠어? 있다 해도 그게 튼튼해? 검은 옷 당신의 말처럼 열심히의 세계로 만들어진 노래가 자기의 몸을 부수고 세상에 던져질 만큼 튼튼해? 게다가 열심히로 만들어진 노래라니 조금도 듣고 싶지 않잖아. 안 그래? 정말로 나는 아니라고 생각해 나도 생각이라는 것을 했는데 아니라고 생각해.

아 혼잣말을 했는데도 지친다. 입이 말라. 캔 커피는 너무 달다. 손님은 한 명도 오지 않고 방에 틀어박힌 두 사람은 나올 생각이 없어 보이고 나는 배가 고파 종이컵에 맥심모카골드를 두 개나 뜯어 넣었다. 설탕과 프림이 왕창 들어간 커피를 마시고 또 마셔도 배는 고프고 속은 부글거리고 화장실을 왔다 갔다 했다. 그 와중에 졸리기까지 해 카운터에 고개를 묻고 잠이 들었다. 생각을 너무 많이 해서 피곤했나 그대로 잠이 들었다.

그런데 꿈은 꾸지 않았다. 그냥 잠만 잤다. 잠에서 깬 건 10번 방에서 뱀처럼 바닥에 몸을 딱 붙이고 기어 나온 여주가 나를 흔들었기 때문이다.

"야."

"응?"

"너 열쇠 어디 있는지 알지?"

"아니, 모르는데?"

여주는 바닥에 몸을 붙인 채로 고개를 들어 입구를 바라보았다.

"지금 자물쇠 없는 거 맞지?"

"어."

"그럼 열려 있는 거지?"

"어. 그지."

"너는 존나 할 말이 없는 새끼야."

여주는 문 앞까지 뱀처럼 기어갔다가 재빨리 문을 열고

뛰어나갔다. 나는 잠이 확 깨며 어 정말 나는 머리가 없나 보다 답이 안 나오는 놈인가 보다 여주의 뒤를 따라 도망쳤다. 갑자기 밝은 곳으로 나오니 어지러워 머리가 아프고 다리가 후들거려 자꾸만 넘어졌다. 앞서 가던 여주가 뒤를 돌아 나를 보고 부축해 주었다. 우리는 근처 편의점 앞에 놓여 있는 의자에 앉았다. 돈도 없고 핸드폰도 없고 아무것도 없다. 배고프고 목마른데 사 먹을 수가 없어. 여주는 자꾸만 고개를 숙이고 잠을 자려는 나를 흔들어 깨웠다. 경찰 경찰 귀에 대고 소리를 지르며 깨웠다.

"뭐라고?"

"경찰서에 가야지. 얼른 신고해야지."

"뭐라고 신고해? 컵라면만 줬다고? 노래를 시켰다고?"

"미친놈아, 우린 유괴당한 거거든?"

"일단은 그지. 유괴인가. 유괴지."

"뭔 소리야. 유괴라고. 가서 말하고 도망가기 전에 잡아야지."

나는 무거운 머리를 흔들며 생각했다. 유괴인가? 갇혔으니 유괴가 맞겠지. 하지만 이것은 뭔가 적절하지 않다. 우리가 유괴를 당한 것이라고 우리도 인정하고 경찰도 인정하고 그렇다면 재판을 하고 검은 옷 남자는 감옥에 가는 것이잖아. 나는 우리가 유괴를 당했다고 감금을 당했다고 괴롭힘을 당했다는 것을 인정할 수는 있지만 남자가 감옥에 가는 것은 인정할 수 없었다. 나는 남자를 괴롭히며 당신은 아무래도 열심히에 대해서 모르고 오히려 환상을 가지고 있고 서편제에 그런 장면은 있지도 않고 이렇게 놀리고 싶었다. 감옥에 가는 것보다 가둬 놓고 놀리고 괴롭히고 노래 불러 보라고 시키고 싶었다. 감옥에서 누가 남자를 괴롭히지? 그건 내가 아니고 남자가 부끄러워하는 모습을 보는 것도 내가 아니고 나는 그런 게 못마땅했다. 그런 생각이 졸린 와중에도 언뜻언뜻 분명하게 획 하고 나타나 머리 한가운데를 흔들었다.

"정신 차려."

"정신 차렸어."

"갈 수 있겠어?"

나는 고개를 저었다. 여주는 내 어깨를 흔들었다.

"둘이 가서 남자를 가두면 되지 않을까?"

"가두자고? 어떻게?"

"끈으로. 동시에 때려서 방심한 틈에 이렇게 끈으로 묶으면 되지 않을까?"

"죽어도 싫어."

여주는 혼자서라도 경찰서에 가겠다고 했다. 나는 간신히 여주의 팔을 잡고 참으라고 했다. 우리는 둘 다 탈진할 듯 기운이 없고 그 와중에 서로의 생각대로 움직여 주지 않고 그러니 더욱 기운이 빠졌다. 나는 천천히 말했다.

"나는 그 남자가 벌을 받아야 된다고 생각하지만 벌은 내가 줘야 한다고 생각해. 벌이라기보다는 그냥 좀 놀리고 곤란해서 스스로 자기 생각이 틀렸다는 것을 알고 무릎 꿇고 빌었으면 좋겠어."

"무슨 생각을 그렇게 많이 해? 하랄 땐 안 하고 왜 이럴 때 갑자기 적극적인 거야. 할 수 있는 걸 하자고 당장. 난 집에 가고 싶어. 경찰서에 신고하고 맛있는 거 먹고 그냥 자고 싶다고."

"그럼 넌 집으로 가. 집으로 가서 엄마 아빠한테 말을 해. 그럼 엄마 아빠가 신고를 해 줄 거야. 그사이에 나는 남자를 괴롭힐 거야. 마이크로 머리를 때릴 거야."

고개를 숙이고 눈을 감았다. 여주는 내 어깨를 몇 번 흔들다 등짝을 몇 번 치다 지쳤는지 곧 잠잠해졌다. 잠결에 여주가 어디론가 걸어가는 소리를 들었다. 이렇게 잠이 들 것 같다. 잠이 들 것 같아. 이렇게 잠이 드는 거지? 여주의 발소리는 이전 이전 그러니까 10분 전 20분 전 그런 느낌이고 그러다 나는 푹 하고 잠이 들었다. 잠이 들고 잠을 자 버리고 느낌으로는 한참이 지나서야 깨어났다. 정말 생각을 해야 할 때는 생각을 하지 않고 고민을 해야 하는 것에는 머리를 쓰지 않고 몰입하는 것은 쓸모없는 거다 그냥 무작정 달려가야 할 때는 괴롭힐 것이 남았다고 거절한다. 뭐 이런 사람인가 나는. 그런데도 왠지 밖에 나오자

기운이 솟았다. 스스로 한심하다고 인정하면서도 밖에 나오니 왠지 유쾌해졌다. 일주일 만에 빛을 보았고 밖을 보았고 그건 아무것도 아니었지만 이대로 생각나는 것은 모조리 다 할 수 있을 것 같았다. 세상이 원래대로 있다, 남자가 아무리 막으려고 해도 세상이 원래대로 있다 노래로 틀어막으려 해도 뭐 원래 있던 건 그대로 있잖아 그런 생각이 들자 모든 것이 가능할 것 같았다. 남자가 노래 노래 노래를 불러도 세상은 그대로네 그런 마음을 가지고 세상이 원래대로 있다, 내가 원래대로 있고, 중얼중얼거리며 노래방 안으로 들어갔다. 남자는 3번 방 테이블 위에서 무릎을 꿇고 생각하고 있었다. 나는 문을 열고 뛰어 들어가 머릿속으로 시뮬레이션해 본 대로 남자를 발로 찼다. 남자의 머리가 노래방 기계에 부딪혔고 나는 소파 위의 끈으로 남자의 팔을 묶었다. 그리고 발도 묶었다. 그리고? 그리고 방을 나와 카운터 서랍을 뒤져 노끈을 찾아 다시 남자의 팔다리를 튼튼하게 묶었다. 남자는 아무런 저항 없이 축 늘어져 있기만 했다. 아무것도 아니네. 인형 같고 헝겊 같네. 나는 그게 더 화가 나서 아니 내가 술에 취해 길바닥에 누워 있는 아저씨에게 시비를 거는 것 같잖아. 짜증이 나서 남자의 머리를 잡고 벽에 대고 부딪혔다. 이상하지? 검은 옷 남자가 일어나 때리면 무서워할 거면서 가만히 있으니 화가 났다. 나는 풍선 같고 촛농 같은 검은 옷 남자를 쿡

쿡 찔렀으나 남자는 숨만 쉰다. 남자의 옆에 앉아 아무 번호나 누르며 노래를 부르라고 했다. 남자는 입을 다물고 아무 노래도 부르지 않았고 나는 마이크로 남자의 머리를 몇 대 툭툭 쳤지만 왠지 생각만큼 흥이 나지 않아 몇 번 치다 관뒀다.

"저는 열심히 하지 않고 할 생각도 없고 왜냐면 열심히의 세계가 없기 때문입니다."

그제야 남자는 몸을 비틀비틀 비틀었다. 말이 없이 우우우 하는 소리를 내며 몸만 비틀었다. 남자의 커다란 몸이 움직이니 생각보다 무서웠다. 이러다 끈을 끊어 버리면 어쩌지? 만화처럼 우두둑 끈을 끊어 버리고 큰 몸이 더 커지면 어쩌지. 살짝 무서워져서 탬버린과 노래책을 남자에게 집어던졌다. 발로 남자를 차고 주먹으로 남자를 때리며 말했다. 그러면 남자가 줄어들 것처럼 쉴 새 없이 던졌다.

"마이크를 대도 아무 노래도 못 부르지? 열심히 해도 지금 노래 하나 못 부르지? 나는 열심히 안 했는데도 니가 칠 갑산 부르라면 불렀지? 아무거나 불렀지? 준비한 것처럼 바로 불렀잖아. 너는 좋은 노래가 뭔지도 모르면서 열심히 하라고만 하지? 애초에 그런 것은 없는데. 열심히도 열정도 아름다운 것도 없는데 그건 그냥 없는데. 본 적도 없는데."

흥이 나지 않아, 기운도 없네 그렇게 시작했지만 말은 하다 보니 쏟아진다. 손을 들어 때리다 보니 말이 더 잘 나왔다. 마구 주먹을 휘두르며 아무 소리나 내질렀다. 남자는 아무 말없이 맞고 있었다. 때리다 보니 힘이 들어 잠시 소파에 앉았다. 문득 인기척이 나 뒤돌아보니 소화기를 든 여주가 서 있다.

"이거 어떻게 하는지 알아?"

"쥐 봐."

나는 힘이 들어 목소리가 거칠게 나왔다. 여주는 어딜 갔다 오는 걸까. 알 수는 없지만 어쨌거나 나와 여주는 나란히 앉아 소화기의 설명서를 읽고 읽고 또 읽고 토론을 하고 결국엔 합의를 보고 그러나 의구심을 가진 채 당긴다. 뿌린다. 아 이렇게 괴롭히고 싶었다. 마음은 조금도 시원해지지 않지만 이렇게 괴롭히고 싶었다는 것은 안다. 남자는 계속 몸을 뒤튼다. 남자가 이렇게 하얘져도 죽지는 않겠지? 우리가 아무리 때려도 이걸 맞고 죽지는 않겠지? 이러고 우리가 나가면 비틀거리며 일어나 내일이면 다시 옆집 고양이에게 노래를 불러 주겠지? 아무것도 모르는 채로 그럼에도 열심히 해야 한다고 생각하겠지? 그리고 그걸 강요하고 어린애들을 붙잡아 요즘 젊은 것들은 열심히를 모른다고 훈계하겠지? 고양이 고양이 고양 고양이 그렇게 예쁜 것한테도 노래를 강요하는 것으로 다시 검은 옷만 입는 이상한 아저씨로 돌아가 내일을 시작하겠지? 아 지겹다. 어떻게 해도 남자는 그대로일 것이다. 하지만 나는 말했다니까,

생각도 했지, 그러니까 생각한 걸 말했다는 거야. 그렇게 안 함. 당신이 말한 것에 수긍하지 않음. 그걸 말했다니까. 나는 소화기를 바닥에 떨어뜨리고 여주는 내 손을 잡아당긴다. 우리는 3번 방의 문을 닫고 나온다. 정말 피곤하다.

구름새 노래방, 간판은 그대로네. 이제 노래방 가지 말아야지. 다음 순서로 여주와 나는 경찰에 신고를 해야 할까? 친구들이 갇혔어요 죽었는지 살았는지 몰라요 우리는 우리의 복수를 괴롭힘을 끝냈으니까 이제 별로 사랑하지 않지만 어쨌든 친구를 구해 주세요 그렇게 말해야 할까. 나와 여주는 아까 앉았던 편의점 앞으로 돌아왔다. 손에는 소화기 분말의 냄새가 난다.

"경찰서에 가자."

"경찰서는 24시인가?"

"그렇겠지? 왜?"

"졸려."

나는 고개를 숙이고 여주는 나를 밀치고 뛰어나간다. 정말 기세가 좋은 사람이다. 에너지가 있다. 나는 집요하고 치사하기만 한데 여주는 힘이 있다. 검은 옷 남자는 아는 게 아무것도 없다. 열심히라는 게 어디를 향해야 하는지도 모르고 아름다움이라는 게 어떤 걸 말하는지도 모르지. 왜 여주같이 잘 달리는 사람에게 셀린 디옹을 들먹이는 거

야? 그 여자가 달리기도 잘해? 그런 걸 열심히 하니까 감
상적이기만 하니까 그저 음악 지망생, 노래의 세계에서 끝
번호에 있는 후보 같은 거야. 프로가 아니라니까. 뛰어가
는 여주의 뒷모습을 봤는데 하나도 예쁘지 않고 정말 평범
하다. 그런데 너무 잘 뛰니까 금방 사라져 버렸다. 사라졌
으니까 생각한다. 눈앞에 있는 걸 생각하고 싶지는 않지만
사라지는 건 생각하고 싶다. 그냥 마음이 그렇다. 자꾸만
졸리고 다시 잠이 들었다. 이렇게 잠이 들지만 꿈은 꾸지
않는다 왜냐면 너무 피곤하니까. 일주일쯤 갇혀서 일을 하
고 제대로 자지도 먹지도 못하고 그리고 생각도 하고 화도
내고 괴롭히고 싶은 사람을 괴롭혔으니까. 이제 자야지. 이
제 자도 된다고 생각한다. 생각이라는 것을 많이 해서 그
렇게 하찮은 것도 이제 생각한다. 자야 된다 말아야 한다
그런 것도 생각한다. 습관이 되어 버렸다. 검은 옷 남자가
테이블을 부수는 것을 스스로 부수는 것을 그래도 아무
것도 피어나지 않는다는 것을 그 현상을 그 미래를 그 과
정을 보고 싶었지만 테이블을 부수면 아까우니까 시간도
많이 걸리니까 검은 옷 남자에게 시키지 않았다. 아쉬움
이 약간은 남지만 잘한 거야. 내가 몰라서 안 한 게 아니
야. 스스로에게 다짐을 받듯이 몰라서 안 한 게 아니라니
까 그러네 하고 중얼중얼거리다 고개를 푹 숙였다. 그러고
보면 아무것도 한 게 없지. 남자는 살아 있고 앞으로도 잘

살 것이며 노래방은 불에 타지도 부서지지도 않았고 나는 피곤하기만 하다. 그런데 피곤하기만 한 것은 자꾸만 잠을 자게 하니까 뭐 좋다. 그러니까 지금처럼 으음 앞으로 뭐든 열심히 안 해야지. 아 잠만 열심히 자야지 열심히 안 해 아무것도. 지금까지 열심히 한 적도 없지만 앞으로도 안 한다. 안 해 절대 안 해.

해만

누군가 해만에 가야겠다고 말했다. 친구의 친척 동생이었나. 전화기 너머로 해만에 대해 알려 달라는 목소리를 듣고 아 해만이요? 하고 말했다. 처음 듣는 목소리는 계속되고 나는 질문에 뭐라 대답해야 했지만 순간 모든 것이 멀어지고 그저 해만, 해만이라⋯⋯ 생각만 했다.

　해만에 가게 된 것은 어느 날 회사를 그만둔 후였다. 회사를 그만두고 손에 쥔 것은 큰돈이었나. 어쨌거나 해만에서 서너 달 머무르는 데는 문제가 없게 되었다. 아무런 문제가 없다고 말할 수 있을 정도의 돈이었다. 남쪽에서 출발한 배는 다섯 시간이 지나 해만에 닿았다. 나는 미리 예약한 숙소로 향했는데 배에서 내려 숙소로 향하는 길은 편의점과 카페가 있다는 것 빼고는 남쪽의 어촌 마을과 다를 것이 없었다. 등 뒤에서 바다 냄새가 났지. 짠 냄새가 났다. 숙소 옆 건물은 술집이었고 열려 있는 문으로 생선구이 냄새가 났다. 연기가 났다. 끈적한 공기와 연기, 생선을 굽는 냄새가 기억난다. 연기를 지나 숙소 계단을 올랐다. 한 남자가 계단에 앉아 담배를 피우고 있었고 우리는 눈으로 인사를 했고 나는 한 층을 더 올라가 접수대로 향했다. 두 달간 머무를 건데요. 돈을 내고 이름과 주민번호를 적고 들어온 날짜 나갈 날짜를 적고 열쇠를 받았다. 3층 2호실에서 빈자리 아무 데나 쓰세요. 여름옷으로 채워진 트렁크는 그리 무겁지 않았고 나는 잠을 거의 자지 못했어도 피곤하지 않았다. 설레는 것도 아니었지만 힘들지도 피곤하지도 않았다. 방에는 2층 침대가 두 개 놓여 있었고 나는 오른쪽 침대의 아래칸에 짐을 놓았다. 누군가 벗어 놓은 옷과 어지러운 짐들이 보였고 나는 짐을 풀어 침대 옆의 선반에 놓고 샤워할 준비를 했다.

방은 조용했고 창에서 바람이 불어와 걸려 있는 수건을 흔들었다. 잘 왔다고 생각한 것도 같고 조용하다고 생각한 것도 같다. 해만을 알게 된 것은 신문을 통해서였다. 존속 살인을 한 범죄자가 해만에 숨어들어 한참 후에야 찾을 수 있었다는 기사를 본 것이었다. 그 남자는 아버지를 죽이고 도망 다니다 해만까지 흘러들었고, 굳이 말하자면 관광지이기는 하지만 그다지 유명하지도 볼거리도 없는 해만까지 수사를 하는 데 시간이 걸렸다고 했다. 해만이라. 직장을 그만둔 후 어디든 가야겠다고 생각했다. 뭔가를 보고 싶은 것도 푹 쉬고 싶은 것도 아니었으나…… 아무래도 아니었다. 아무것도 아니었다. 그저 앞으로의 시간에서 변하는 것이 없으리라는 것을 알았다. 그뿐이었다. 해만의 숙소들은 수도에서의 월세보다 가격이 쌌고 날씨는 대체로 따뜻하고 비가 많이 온다고 했다. 해만에 대한 정보가 없지는 않았지만 보통 다이빙이나 서핑을 하려는 사람들이 많았고 바다가 아름답다거나 하는 이야기가 대부분이라 해만에 가기 직전까지 모든 것이 막연했다.

　샤워를 하고 나오자 대학생쯤으로 보이는 사람이 방으로 들어왔다. 우리는 인사를 하고, 어디서 언제 언제까지 같은 것을 묻고 대답했다. 몇 살쯤 되었을까 생각하고 있을 때 그 사람은 아직 학교 다닌다고 웃으며 말했다. 숙소 안의 라운지에는 아까 계단에서 담배를 피우던 남자가 얼음에 술을 부어 마시고 있었다. 6시가 넘었을까. 아직 해가 지지 않았다. 4월 말. 낮이 조금씩 길어지고 있었다. 아까 접수를 받던 사람은 앉아서 책을 보고 있었다. 모두가 자기 자리처럼 보이는 곳에 앉아 있어서 어디로 가야 하나 잠시 머뭇거렸다. 텔레비전은 켜져 있었으나 아무도 제대로 보고 있지 않았다. 책을 보던 남자는 가끔 고개를 돌려 텔레비전을 흘끗 쳐다보았고 술을 마시는 남자는 술잔을 내려다보다 한 번씩 고개를 돌려 창밖을 보았다. 곁에 앉아 있기가 뭐해 뭔가 먹어야겠는데 잡지라도 사 와야겠는데 생각하며 숙소를 나와 걸었다. 아직 여름이 시작되지 않았지만 공기는 무거웠고 온 섬이 늘어진 기분이었다. 거리를 지나는 사람들은 모두 슬리퍼나 샌들을 신고 있었다. 커다란 배낭을 멘 여행객이 지나가고 자전거를 탄 소년들이 지나갔다. 그렇게 숙소를 나와 항구와 반대 방향으로 걷다 보니 돔 형태의 교회 같은 것이 나왔다. 원그리스도교정이라는 들어 본 적 없는 이름이었다. 주변 풍경과는 어울리지 않는 짙은 갈색의 원형 건물이 붉은 꽃이 핀 정원과 함께 있었다. 교회의 벤치에 앉아, 지나가는 사람들을 보았다. 할머니 몇 명이 교회로 들어왔고 그러고는 더는 없었다. 모든 것이 느리고 늘어져 있고 고여 있다. 내가 그랬다. 처음 온 이곳도, 그러니까 해만도. 나도 해만도 천천히 어디로도 가지 않고 여기에 있기만 했다.

길에는 바다에서 많이 잡히는 생선을 구워 파는 술집이 대부분이었고 그 밖에는 밥 먹을 만한 곳이 없었다. 술집의 연기도 어딘가로 흘러가지 않고 거리를 메우다 사라지기만 했다. 땀은 나지 않았지만 더운 기분이었다. 할머니들이 찬송가를 부르는 소리가 등 뒤에서 들렸다. 가사는 들리지 않고 합쳐진 음으로 웅웅웅 하는 소리처럼 들렸다. 자리에서 일어나 장바구니를 든 아주머니를 따라가다 보니 시장이 나오기는 했는데 그 작은 시장에서 파는 것의 절반은 생선이었다. 생선이 늘어놓인 좁은 길과 저 멀리서 피어오르는 생선 굽는 연기. 나는 뭔가 별수 없어진 기분이 들어 시장 한 켠에서 구운 생선을 파는 포장마차에 들어가 생선을 먹었다. 아무런 기대 없이 들어갔지만 막상 먹다 보니 맛있어서 속으로 맛있네 맛있잖아 하며 남기지 않고 다 먹었다. 시킨 음식을 다 먹고서야 포장마차 안을 둘러보았는데 생선을 갖다준 아주머니는 텔레비전을 보고 있었고 그 뒤로 기름이 잔뜩 낀 원그리스도교정 달력이 있었다. 텔레비전에서는 일기 예보가 나왔고 오늘은 구름이 낀 그런 날씨고 내일도 흐린 날씨고 주말에는 비가 온다고 했다. 두 달쯤 머무를 것이라고 생각하니 오늘의 날씨도 내일의 날씨도 다음 날 그다음 날의 날씨도 궁금하지 않았다. 그렇구나. 오늘은 구름이 낀 흐린 날씨 내일도 흐린 날씨 주말에는 비가 오는구나. 아줌마는 고개를 돌려 나를 보고 또 보고 왜인지 한참을 바라보다 다시 텔레비전으로 고개를 돌렸다. 달력 옆에는 현상 수배 전단이 붙어 있었는데 거기서 나는 아는 얼굴을 발견했고 아줌마가 나를 본 것처럼 그 얼굴을 한참 동안 바라보았다. 잠시 후 이상한 기분이 들어 고개를 돌리니 아줌마는 왜인지 다시 나를 보고 있었다. 나는 떠밀리는 기분으로 계산을 하고 밖으로 나왔다. 시장 밖에는 낡고 허름한 집들, 갈라진 틈으로 이끼가 낀 집들이 보였다. 아무것도 더는 나올 것 같지 않아 걸음을 돌려 항구 쪽으로 향했다. 팔이 조금 끈적였고 어디선가 바람이 불면 좋겠다고 생각했다. 편의점에서 캔 커피와 주간 영화 잡지를 사서 숙소로 돌아왔다.

　침대에 누우니 어쩐지 샤워를 또 해야 할 것 같았다. 입에서 생선 냄새가 났다. 해만을 유명하게 한 그 사람은 아버지에 대한 공포가 엄청났다고 했다. 그의 아버지는 체구가 왜소하고 회사에서 오래도록 승진하지 못했고 총체적으로 콤플렉스가 심한 사람인 데 비해 아들은 그럭저럭 성실하고 평범했다고 한다. 아버지는 조금만 수틀리면 아들을 때려서 고막이 터진 적도 있다고 누군가 증언했다. 그게 어머니였던가 동네 사람이었던가 아들 본인이었던가. 아버지는 자신의 콤플렉스를 가족에게 풀었다는데 일찍부터 나와 살던 큰아들은 별로 때리지 않았지만 어머니와 작은아들은 무섭게 팼다고 했다. 인터넷 검색창에 '해만'이라고 치면 나오는 것은 그 사람의 이야기와 다이빙이나 서핑 아니면 차를 빌려 달리는 해안 도로 설명뿐이어서 내가 읽은 것은 그 사람에 관한 것이 전부였다. 다이빙이나 서핑보다는 적어도 그 이야기가 더 흥미 있었다. 그 사람이 여기에 있었던 거구나. 여기 어딘가에. 무엇을 하며 밥을 먹었을까. 구운 생선을 먹었을까 생각하다 눈을 감고 누웠다.

"아까 수도에서 왔다고 그랬지요?"

잠결에 놀라 고개를 드니 같은 방을 쓰는 대학생이었다.

"네. 뭐 그렇지요."

"저도 수도에서 학교 다녔거든요. 그리고 아까 그 왜 술 마시던 분도 수도에서 일하다 왔어요."

"아, 그래요. 신기하네요. 뭐 다들 그렇구나." 어색하게 웃다 아까 그 사람의 얼굴을 떠올려 보려 했지만 단추를 잠그지 않은 남색 셔츠와 붉어진 얼굴만이 기억났다. 자리에서 일어나 캔 커피를 들고 대학생과 함께 라운지로 갔다. 술을 마시던 사람은 계속 술을 마시고 있었고 책을 보던 사람은 여전히 책을 보고 있었다. 대학생이 말했다.

"이분도 수도에서 왔다는데요?"

남자는 몰랐다는 듯이, 어 그래? 하고 웃고는 어디서 살았는지를 묻고 대답했다.

"근데 무슨 일 했어요?"

"회사 다니다 지금은 쉬고 있어요."

"아. 좋겠네."

"무슨 일 했는데요?"

"뭐 이것저것 하다가 호텔에서도 일했고."

"아. 호텔이면 좋았겠네요."

"안 좋아요."

남자는 해만에 온 지 6개월쯤 되었다고 했다. 이전에도 몇 번 왔는데 이번이 가장 오래 머무르는 것이라고 했다. 이제 여기서 계속 살고 싶네요, 요즘은.

어디가 좋아요? 그러니까 여기 뭐가 좋아요? 나는 정말로 궁금해져 묻는다. 뭐 바다가 좋지요. 남자는 컵에 술을 부으며 대답한다. 그러고 보니 아직도 어두워지지 않았다. 낮은 길고 해는 천천히 진다. 바다가 좋구나. 그렇지 여기는 바닷가였지. 아직 실감할 수는 없지만 이곳은 섬이었다. 모두가 아무 말이 없다. 캔 커피를 따서 마시는데 커피가 목을 넘어가는 소리, 테이블에 캔을 놓는 소리가 났다. 캔 커피를 마시는 소리와 남자가 마시는 술잔의 얼음이 잔에 부딪히는 소리만이 났다.

"그런데 그 사람 있잖아요. 아버지 죽인 사람. 본 적 있어요?"

"네?"

"그…… 뉴스에 자주 나왔는데. 아버지를 죽였다는데요. 아버지를 죽이고 이리로 도망을 쳤대요. 여기까지 찾을 생각을 잘 안 하니까 잡는 데 어려웠다고 그러던데."

"아 그래요? 들어 본 것도 같고."

"좀 더 말해 봐요. 왜 아버지를 죽인 건데요?"

"그게, 저도 잘은 몰라요. 아버지가 아들을 학대했다는데…… 아들이 그러다가, 어머니를 때리는 모습을 보고 죽인 거라고 들었어요."

"응?"

"그러니까 아버지가 아들과 어머니를 둘 다 괴롭혔는데
요. 어느 날 부인을 심하게 때린 거예요. 그걸 말리다가, 아
닌가. 그걸 보고 죽인 거였나. 아무튼 그렇대요."

책을 읽는 사람은 우리 대화를 듣고 한참을 생각하다 주
인은 동네 사람이니까 알지도 모른다고 했다. 아 그렇구나.
네. 알지도 모르죠. 동네 사람이니까. 그런데 언제 여기 온
거예요? 1년 전이요. 1년 전에요? 네. 1년 전에. 나는 또 한
모금 넘기고 대학생은 자리에서 일어나 구운 생선을 전자
레인지에 돌린다. 숙소 안에서도 구운 생선 냄새가 약하게
나고 다시 아무도 아무 말도 하지 않는다. 나는 눈을 감았
다 떴다 하며 캔 커피만 마셨다. 방에 들어가 잡지나 볼까
생각하다 다시 눈을 감았다 떴다. 내가 해만에 간다고 했
을 때 여주는 해만? 해만이라. 도시에 가는 게 어때? 거기
는 좀 그렇잖아. 하와이도 어디도 절대로 못 가는 사람들
이 서핑하러 가는 그런 느낌인데. 해만에 뭐가 있니. 100년
전에 있었다는 화산에 대한 박물관, 뭐 그런 거? 모르겠
네. 그때나 지금이나 아니 언제나 여주의 말은 옳았다. 그
러나 그게 모든 것을 움직이는 것은 아니었다. 이전에는 나
도 옳은 것이 모든 것을 움직일 것이라고 생각했지만 아니
었다. 나부터가 해만에 와 버렸다. 해만에는 아무런 특별
한 것도 없는 게 맞는 것 같고 결국 여주의 말은 옳은 것이

겠지만 어쨌거나 나는 해만에 왔다. 오랜만에 여주의 말을 떠올렸는데 순식간에 많은 것들이 생각나 화가 나고 가슴이 답답해졌다. 해만에 대해 잘 아는 것도 아니고 와 본 적도 없잖아. 결국에는 모두 사실로 수긍하게 되더라도 마음속 깊은 곳에서는 아니라고 할 거야. 그럴 것이다. 나는 갑자기 생각난 여주의 말에 점점 화가 나기만 해서 원래 여주가 했던 말이 어떤 것인지 그게 무슨 의미였는지 제대로 생각해 낼 수가 없었다. 가슴이 답답해질 뿐이었다. 캔을 테이블에 내려놓고 책을 읽고 있는 남자에게 물었다.

"왜 해만에 온 거예요?"

"따뜻하니까요."

주저 없는 대답이었다. 남자는 중간에 한 달은 고향에 다녀왔다고 했다. 그때 빼고는 늘 여기 있었네요. 테이블 유리 밑에는 육지로 향하는 배의 시간표가 붙어 있고 관광 안내 지도는 뒤쪽에 있었다. 자연 동굴 깊은 곳은 기온이 여름에도 20도씨 이상으로 올라가지 않습니다. 술을 마시던 남자는 아무도 얼음을 얼려 놓지 않았다고 말하고 잠시 후 얼음을 사러 편의점으로 향한다. 대학생은 생선구이에 밥을 다 먹었고 나는 책을 읽는 남자에게 어디에 가보았느냐고 물었다. 남자는 책을 테이블 위에 놓고 고개를 돌려 관광 안내 지도를 가리키며 자전거로 해만을 돌았던 적이 있는데 지나가면서 다 보기는 했다고 말했다. 아, 자

76

전거로요. 네, 뭐 가을이라 아주 덥지는 않아서. 자리에서 일어나 창 쪽으로 향하니 해는 붉고 낮은 건물들이 석양에 젖고 있다. 나는 남은 날들을 생각했는데 잠시 아주 기쁘다가 말았다. 그러고는 해가 낮은 건물을 적시는 것처럼 쓸쓸함이 천천히 마음을 적셨다.

비슷한 날들이 지나고 며칠 뒤에는 해만의 북쪽으로 향하는 버스를 탔다. 항구도 숙소도 남쪽이라 해만을 한번 가로질러보고 싶었다. 가로지른다기보다는 어쨌거나 한번은 둘러보고 싶었다. 해만에서는 줄곧 아무런 할 일이 없었는데 그렇다고 이곳에 익숙해지지도 않았다. 버스 안에는 할머니 한 명과 초등학교 육상부 애들 다섯이 있었다. 버스는 조금만 달려도 바다가 보였고 그러다 마을이 펼쳐지기도 했지만 곧 다시 바다가 나타났다. 몇몇은 자전거를 타고 있었고 차 몇 대가 지나기도 했지만 대개 도로에는 아무도 없었다. 출발한 지 30분이 못 되어 북쪽에 닿았다. 어제 본 관광 안내 지도에서는 암석 박물관이 이곳에 있다고 했다. 버스를 타고 달리다 박물관 마을 정류장에서 내리시오. 정류장에서 내려서 안내 화살표를 따라 15분은 걸어야 뭔가 박물관 같은 게 나왔다. 걷다 보니 무릎까지 닿는 풀이 쭉 이어진 길이 나오지를 않나, 줄곧 박물관이 있기는 한 건가 싶었다. 박물관은 정면에서 바라보면 5층 정도의 회색 시멘트 건물이었는데 그 형태가 반원이라 금색으로 암석 박물관이라고 쓰인 간판을 못 봤다면 여기가 뭐하는 델까 농업 연구소 같네 하고 생각했을 것이다. 박물관 입구 자판기에서 생수를 뽑아 그 앞 벤치에 앉아 마셨다. 고개를 들어 앞을 보니 방금 지나온 풀길이 보였다. 쳐다보고 있으니 다리가 간지러운 느낌이 들었다. 그러고 보면 여주는 해만에 가지 말라고 했지만 아니 가지 말라고 하지는 않았지만 "해만은 조금…… 왜 그런 데엘…… 차 마실 곳도 없을 것 같은 느낌인데." 그렇게 말했지만 가만히 생각해 보면 결국 해만에 온 건 여주 때문이 아닐까 싶어졌다. 여주는 어느 날 마음먹고 나에게 그 애인과 헤어지는 게 좋지 않을까, 뭔가 그런 관계는 좋지 않은 것 같아, 아무리 생각해도 그래 하고 말했다. 나는 아무 말도 하지 못하다가, 그런가? 하고 내뱉었지만 이내 그렇다고 수긍했다. 뭔가 나 역시도 더 진행되기 힘들다고 이미 오래전부터 생각하고 있었던 것이다. 하지만 주말이 되면 또 만나고, 만나면 역시 사랑하는 게 아닐까 아니 사랑하고 있구나라고 생각했다. 그렇게 익숙한 다정함 같은 것이 느껴지면 좋았지. 그러다 혼자 집에 돌아와 침대에 누우면 슬퍼지고 왠지 끝을 내야 할 때가 온 것 같다고 생각했다. 그게 두 달 전의 일이지. 그 사람은 지금 무엇을 할까. 언제나처럼 월요일에 쉬고 토요일에 회사를 가나. 의외로 이제 슬프지 않았다. 시간이 지났다는 것만 실감이 났다. 그게 변한 것이라면 변한 것이겠지만. 그 사람과 헤어지고 회사는 그만두고 나는 다른 많은 사람들이 그렇듯 재충전, 재충전이라는 단어를 꺼내면 곧 부끄러워지지만 어쨌거나 전환점, 재충전 같은 어쩐지 간지러운 단어들을 말하고 떠났다. 박물관 안에는 유모차를 끌고 다니는 젊은 부부뿐이었다. 부부는 암석에 정말 관심이 있었던 건지 어 이거 봐, 아 진짜네 하며 하나하나 천천히 살펴보고 있었다. 박물관을 한 바퀴 돈 후 다시 풀이 이어진 길들을 빠져나와 버스를 기다렸다. 두 대의 버스가 남쪽으로 향하고 그중 한 대는 20분이 지나자 정류장에 도착했고 나는 아까와는 조금 달라졌으나 마찬가지로 바다가 나오는 풍경을 바라보았다. 30분도 채 걸리지 않아 박물관에 다녀온 게 다지만 왠지 피로해져 씻고 바로 잠을 잤다. 다음 날 새벽에 눈이 떠졌다. 새벽의 해만은 공기가 끈적하지 않고 상쾌했다. 침대에 앉아 잠들어 있는 많은 사람들을 생각했다. 모두들 잠들어 있구나 하고.

일주일이 지나고 술을 마시던 남자가 수도로 돌아갔다. 두 달쯤 일하고 돈을 마련해 다시 돌아올 것이라고 했다.

"수도는 정말 싫지요?"

"싫지."

대학생은 혼잣말로 싫다 싫다 했다. 술을 마시던 남자는 다시 돌아오면 여기서 아예 살길을 찾을 것이라고 했다. 이전까지는 돈을 벌다 해만에 오고 다시 돈을 벌러 수도에 가는 생활의 반복이었다고 했다. 그런 방법이 있을까요? 나도 수도로 돌아가기 싫거든요. 대학생은 컵라면을 먹으며 싫다 싫다 했다.

"왜 수도가 싫은데요?"

나는 술을 마시는 남자에게 물었다. 남자는 술을 따르다 나를 한번 보고는 아무 말이 없다가, 글쎄 그냥 싫어요 대답했다. 그러고는 책을 읽는 사람에게, 너도 돌아가고 싶지 않지? 하고 묻는다. 그 사람은 고개도 들지 않고, 어 했다.

"돌아가고 싶지 않아요?"

"네."

"전혀?"

"전혀."

남자는 잠시 고민하다 집에서 기르는 개는 조금 보고 싶다고 했다.

"개요?"

"아. 보여 드릴까요?"

남자는 핸드폰을 꺼내 사진을 보여 주었다. 나는 남자와 머리를 맞댄 채 한쪽 발을 들고 있는 갈색 푸들을 보았다. 귀엽네요. 귀여워요. 대학생은 돈이 떨어져 간다고 하고 학교로는 돌아가고 싶지 않다고 하고 갑자기 일어나더니 안 가요 학교로 안 가 선언하듯 말하고 담배를 꺼내 피웠다.

담배를 피우며 대학에서는 안 좋은 일뿐이었다고 했다. 뭔가 자신의 이야기를 좀 더 하려고 하는데 술을 마시던 남자가 대학생에게도 술을 따라 주며, 가는 건 난데 왜 네가 더 열을 내는 거지 하고 말했다. 대학생은, 나도 나를 아니 내가 내가 더 싫거든요 아저씨가 간다고 하니까 나도 가야 될지도 모르겠고 여기는 돈을 벌 데도 마땅치 않잖아요. 이대로 가면 정말 그냥 돌아가야 하고 그게 진짜 슬프고 싫어요 하더니 울기 시작했다. 대학생은 일어선 채로 소리 내어 울었다. 우리 모두는 조금 웃다가 말았다. 술을 마시던 남자는 늘 표정이 복잡했는데 이때도 불안한 표정이었다 크게 웃다 다시 슬픈 표정이었다.

"수도에 가면 어디서 지낼 건데요?"

울음을 멈춘 대학생이 물었고 술을 마시던 남자는 친구 집에서 지낼 거라고 했다. 집에는 나도 안 가. 가족이랑 연락 안 하거든. 무슨 일 할 건데요? 남자는 한숨을 푹 쉬더니, 그만 좀 물어 했고 우리는 또 조금 웃었다.

다음 날 새벽 남자는 숙소를 떠났다. 웬일인지 그날은 며칠 전처럼 일찍 눈이 떠졌는데 5월의 하늘은 선명했고 구름이 빠르게 속도를 내며 움직이는 듯한 느낌이 들었다. 남자가 떠난 이후 대학생은 11시가 넘어서야 일어나 라면을 먹거나 텔레비전을 보다 다시 잠이 들었다. 오후가 되면 일어나 다시 텔레비전을 보며 웃기지도 않은 부분에서 갑자기 크게 웃었다. 그러다 곧 가라앉아 울기 시작했다. 대학생은 주변을 의식하지 않고 혹은 너무 의식하여 큰 소리로 엉엉 울었다. 원래도 불안한 면이 있었지만 술을 마시던 남자가 수도로 돌아간 후부터 감정의 기복이 더 심해졌다. 가끔씩은 심하게 위태로워 보여서 집에 연락이라도 해야 되는 게 아닌가 싶어졌다.

숙소의 주인을 보게 된 것은 그즈음이었다. 보통은 책을 읽는 남자가 숙소를 관리했고 주인은 곧 돌아온다는 이야기만 몇 번 들었다. 주인은 회색 셔츠에 좀 더 진한 회색의 마바지를 입고 짚으로 된 가방을 들고 들어왔다. 나는 어색하게 인사를 했는데 주인은 활짝 웃으며 쉬라고 말했다. 쉬는 게 무엇인지 점점 모르겠다는 생각이 드는데. 뭔가 피곤해야 쉴 텐데 피곤하지 않아 쉴 일도 없었다. 멀뚱히 서 있는데 화장기 없는 커트 머리의 주인은 또 활짝 웃으며 기도회에 다녀왔다고 했다. 무슨 기도회인데요? 물었더니 동네 교회에서 열리는 기도회라고 했다. 방으로 돌아가는 길에 접수대 옆에 걸린 원그리스도교정의 달력을 보니 어제까지 기도회라고 표시되어 있었다. 정말 동네 교회에서 기도회를 하는 거네 생각하며 방으로 돌아갔다.

원그리스도교정은 생각보다 큰 교회였다. 섬에 도착한 첫날 벤치에 앉아 찬송가를 들을 때만 해도 잘 몰랐지. 언젠가 예배가 없는 시간에 들어가 보았는데 지하 1층을 포함하여 5층 건물에 예배당은 꽤 커서 300명도 넘게 들어 갈 수 있을 것 같았다. 예배당은 신자들이 앉는 자리에 비해 단상이 상당히 넓었고 그게 딱히 위압적인 느낌을 주지는 않았다. 예배당의 정면에는 커다란 금색 원이 벽에 붙어 있었는데 그 모습만 보면 여기가 원불교당인지 교회인지 헷갈렸다. 원그리스도교정 교회는 전반적으로 교회나 성당 같기도, 기도원이나 요양원 같기도, 다른 어떤 데 같기도 했다. 숙소 주인이 다녀온 기도회는 아마 지하에서 열리지 않았을까 싶었다. 계단을 내려가니 바로 기도실 1, 기도실 2라는 현판이 보였다. 기도실 앞에 서자 누군가의 목소리가 들렸고 그렇지 않을지도 몰랐지만 나는 그게 왠지 숙소 주인일 거라고 생각했다. 긴장된 마음으로 다시 1층으로 올라와 교정을 나왔다. 생각해 보면 숙소 주인이라고 긴장할 이유는 없었다. 기도하려고 하는데요, 그냥 궁금해서 와 봤는데요, 산책 삼아 들렀는데요, 아무래도 좋을 것이었는데 어쩐지 긴장이 되어 급히 나왔다.

해만에 있는 동안 가끔 집에 연락하고 그럭저럭 지냈다. 다른 사람을 생각하기도 했다. 그게 뭐였을까, 어떤 마음이었을까 생각했다. 그리고 시간이라든가 나 자신이라든가에 대해 생각하기도 했지만 아무래도 잘 되지 않았다. 앞으로 어떤 일이 펼쳐질까? 그리고 나는 어느 자리에 있게 될까 생각해 보려고 해도 의외로 앞일에 대한 생각은 잘 되지 않아 관두었다. 그보다는 지난 일들 사람들 그때 그건 어떤 것이었더라 어떤 것이 되어 버린 것일까 생각했다. 하지만 그 역시 애써 생각한 것도 노력한 것도 아니고 문득 떠오른 거였다. 그럴 때가 있었다. 그럴 때 잠시 생각하다 슬퍼하거나 기뻐했다. 하지만 거기서 더 나아가지는 않았다. 그들에 대한 생각도 점점 더 흐릿해지고 닿을 수 없이 멀리 있는 느낌이었다. 나는 해만에 있고 사람들은 멀리, 원래 멀었다면 더욱 멀리 있다. 그렇게 있다가 가끔 흔들리고 그 사이에는 해만이 있고 나는 다시 눈을 감는다. 그리 길지 않은 시간이 지났지만 나는 사람들과 천천히 멀어져 이제는 닿을 수 없는 것같이 보였으므로 결국엔 긴 시간이 지난 것 같았다. 해만에 가야겠다고 결정한 후 여주와 연락이 되지 않았다. 그게 해만 때문인지 아니면 우리의 관계가 거기까지였는지, 아니 그보다는 내가 여주가 결국 우리가 그게 끝이라고 생각한 것인지도 모르겠다. 해만에서 헤어진 애인보다 여주 생각을 더 많이 했는데, 여주와 연락하지 않게 된 것이 연인과의 결별 같았기 때문이라는 생각도 들었다. 하지만 그 모든 것이 결국에는 천천히 멀어졌다. 나는 이곳에 있었고 다른 모두는 저편에 있었다. 결국 나는 이곳에 있기 위해, 모두를 저편으로 보내 버리기 위해 해만에 온 것이 아닌가 하는 생각이 들었다. 모두를 멀리 바라보기 위해 모든 것이 고여 있고 끝없이 아래로 가라앉기만 하는 이곳으로 온 것이 아닌가. 그걸 알아채는 데 한 달의 시간이 걸렸으나 그렇다고 달라지는 것은 없었다. 다만 내가 덮어 두고 지냈던 세계 쪽으로 걸어 들어가고 있을 뿐이었다. 그게 달라진 것이라고 한다면 달라진 것일지도 모르겠지만.

숙소에는 또다시 대학생이 찾아왔다. 새로 온 사람은 원래 있던 학생보다 열 살이 많았는데 졸업을 하지 않았으니 어쨌거나 대학생이라고 했다. 두 명의 대학생은 매일 늦게 일어나 컵라면을 먹고 텔레비전을 보다 인터넷을 하다 다시 자고 또 일어나 인터넷을 하기를 반복했다. 하지만 깨어 있는 나라고 다를 것은 없었다. 그저 깨어 있을 뿐, 잠시 걷거나 책을 볼 뿐 무엇을 하는 것은 아니었다. 새로 온 대학생은 6개월간 백화점 지하 특설 판매장에서 일했다고 했다. 수도는 집값이 너무 비싸니까 여기 온 거예요. 돈이 떨어질 때까지 있으려고요. 수도는 정말 집값이 비싸, 그렇지? 그렇지 뭐. 대학생 둘은 고개를 끄덕인다. 아저씨는 언제 오시려나. 어린 대학생은 멍하게 눈앞을 바라보며 말한다. 그리고 운다. 무슨 일을 해서 돈을 버시려나. 보고 싶다. 눈물을 닦고 물을 마신다. 너는 그 사람을 무슨 돈 벌러 나간 아버지처럼 그리워하는구나? 네? 아버지가 왜 그

립나요? 아버지는 하나도 안 그립고 입에 담기도 싫은데요. 생각하기도 싫어요. 어린 대학생은 정색하며 말했다. 나는 예전처럼 웃음이 났다. 그러고는 술을 마시던 사람의 얼굴을 떠올려 보려고 했지만 여전히 붉은 얼굴과 복잡한 표정, 단추를 채우지 않은 셔츠만이 선명했다.

6월이 가까워 오자 해만에는 밀짚모자에 꽃무늬 원피스를 입은 사람들이 눈에 띄기 시작했다. 많지는 않았지만 예전보다는 자주 눈에 띄었다. 그중 몇몇은 내가 묵는 숙소에 짐을 풀었고 조용하던 숙소도 가끔 시끄러워졌다. 그 때부터 대학생들은 방에서 나오지 않았다. 말은 하지 않았지만 며칠 묵는 사람들, 들뜬 분위기, 해만에 대해 이렇다저렇다 하는 것, 자기들은 가 보지 못한 바닷가와 박물관과 동굴에 대해 이야기하는 것을 대학생들은 불편해하고 있었다.

그즈음 내가 교회에 다니기 시작한 걸 보면 나 역시 말은 안 했지만 들뜬 분위기가 마땅치 않았던 듯하다. 이유야 어떻든 교회를 나갔다. 그러니까 주인이 다니는 원그리스도교정에 다니기 시작했다. 무엇을 믿어 보려던 건 아닌데 예배에 참석해 보니 생각보다 재밌었다. 누군가 말을 걸면 어쩌나 긴장했지만 의외로 사람들은 내게 관심이 없었고 나는 어렴풋한 기억만 있는 구약 성서를 옛날이야기 듣듯이 들었다. 신학적으로는 어떻게 해석되는지 알 수 없었고 궁금하지도 않았다. 원그리스도교정이라는, 듣고 또 들어도 생소한 이름의 교회였으니까 오늘 예배가 특이한 것인지 그럭저럭 무난한 것인지도 알 수 없었다.

"태초에 하나님이 천지를 창조하시고…… 말이 어렵나요? 이게 의외로 영어로 하면 쉽습니다. 인 더 비기닝 갓 크리에이티드 블라블라 이거거든요."

어느 날의 예배는 나보다 어려 보이는 짧은 머리의 남자가 할머니들 앞에서 영어를 섞어 쓰며 진행을 했다. 전에 한두 번 교회에 가 본 적은 있지만 그게 다였다. 그러니 교회라든가 예배라든가 나보다 어려 보이는 목사로 추정되는 사람이라든가 찬송가나 기도 등등 원그리스도교정에서 이루어지는 모든 것이 평범한지 특이한지 확실히 말할 수 없었다. 그렇게 산책하듯 교회에 나가 어떤 때는 정말 산책만 하다 돌아오기도 했고 기분이 내키면 예배에 참석했다. 예배를 보든 안 보든 교회 식당에서 밥을 먹었고 숙소에 돌아오면 다시 아무도 없는 조용한 오후 시간이었다.

숙소 주인은 달이 바뀌자 또다시 기도회에 참석한다고 자리를 비웠다. 어린 대학생은 어떻게 알고 찾아왔는지 어느 날 들이닥친 부모님 손에 질질 끌려 고향으로 돌아갔다. 대학생이 입에 담기도 싫고 생각하기도 싫다던 아버지는 아무 말없이 가방을 들고 나가 버렸고 대학생의 어머니만이 소리를 질렀다. 학교도 휴학시킬 거고 당분간 집 밖으로 나갈 생각도 하지 말라고 했다. 대학생은 마트에서 장난감 사 달라고 뻗대는 아이처럼 어머니의 손을 잡고 안 가겠다며 목이 터져라 울었다. 대학생은 바닥에 주저앉아 일어나지 않았고 어머니는 그의 팔을 세게 잡아 억지로 일으켰다. 어머니는 대학생의 등짝을 때리며 밖으로 끌어냈다. 나이 든 대학생은 며칠째 방에서 나오지 않았고 책을 보던 사람은 난감한 표정이었고 나는 앉지도 일어서지도 못하고 안절부절못하다가 물이나 마셨다. 대학생의 어머니가 계단을 내려가는 소리, 대학생이 등짝을 맞는 소리, 목메어 우는 소리가 서서히 멀어졌을 때에야 자리에 앉을 수 있었다. 나와 책을 읽는 사람은 마주 보며 한숨을 쉬었다.

"나는 쟤가 병원에 먼저 가야 할지도 모른다고 생각했어요."

"불안해서?"

"저 정도면 많이 불안한 거 아니에요?"

"저도 잘 모르겠어요. 집에서는 어떤지 모르니까."

나는 보는 것만으로도 피곤해져서 바닥에 드러누웠다. 에어컨은 돌아가고 있지만 손에 잡히는 공기는 여전히 끈끈했다.

"사람들이 돌아가는 것을 보면 어때요?"

나는 천장을 올려다본 채로 물었다. 아무 대답이 없다. 책을 읽는 남자는 여전히 책을 읽고 나의 질문은 어느샌

가 사라져 버렸다. 다시 물이나 마셔야겠다고 생각했다. 천천히 일어나 냉장고로 가서 병을 꺼내고 물을 따라 벌컥벌컥 마셨다. 남자는 나를 보며 물었다.

"돌아가는 사람들을 보는 건 어떤 기분일까요?"

남자는 웃고 있었다.

"조금 쓸쓸할 것 같긴 한데. 그런데 곧 잊어버릴 것도 같아요."

남자는 고개를 끄덕이고 나는 다시 물을 마셨다. 컵에 물을 채워 테이블로 가져갔다.

"매일 할 일이 생기니까 곧 잊어버리기도 하겠네요 정말."

"할 일이 그렇게 많지는 않아요. 그런데 잘 잊어버리게 돼요. 다들 비슷하니까. 그러다 다시 생각나기도 하는데……."

나는 다시 바닥에 드러눕고 책 읽는 사람은 테이블에 엎드린다. 그 아래로 무슨 소리가 들리는데 그 소리는 가라앉기만 해서 잘 들리지 않았다.

"뭐라고 한 거예요?"

"다시 기억나는데요. 사람들이 다시 기억나기도 해요. 그런데 그게 꼭 그 사람이었는지 잘 모르겠어요. 비슷한 사람들이 섞여서 떠오르더라도 그 사람인지 잘 모르겠어요."

남자의 대답에 대해 생각하고 있을 때 멀리서 무거운 발소리가 들렸다. 누운 채로 고개를 드니 나이 든 대학생이 며칠 만에 방에서 나왔다. 땀 냄새가 났다. 얼굴에 기름이 번들거리고 머리는 감지 않은 채였다. 나는 손을 들어 인사를 했고 나이 든 대학생은 그 애는 간 거냐고 물었다. 응, 끌려갔어요. 나이 든 대학생은 냉장고에서 맥주를 꺼내며 텔레비전을 켰고 나는 한참을 그대로 누워 있었다. 5시쯤이었나 늦은 오후였는데 숙소의 유일한 대학생이 된 그는 정규 방송이 끝날 때까지 텔레비전을 보았다. 그날 나는 편의점에서 우유와 빵을 사 먹었고 책을 읽는 남자는 아마 뭔가를 만들어 먹었을 것이다.

친구의 친척 동생이었나, 해만에 간다고 한 사람은? 그 사람은 자기 말만 계속해서 이어 나갔다. 제 생각에 해만은 나른하게 지내기 좋은 곳 같거든요. 저는 사실 너무 지쳐 있고요. 이곳이 아니라면 좋겠다고 생각하는데 해만이 그런 사람들에게 좋을 것 같아요. 뭐랄까, 느리게 호흡하는 가운데 중요한 뭔가를 찾을 수 있을 것 같은데 어떻게 생각하세요? 나는 그런가? 하고 생각하다 다른 건 모르겠고 생선이 싸다고 말했다. 그 사람은 아무 말이 없고 나는 하던 일이 있다고, 더 궁금한 게 있으면 묵었던 숙소의 전화번호를 알려 주겠다고 말하고 전화를 끊었다.

가만히 서 있었다. 전화기를 손에 쥔 채로 가만히 서 있었다. 내가 먼저 말을 꺼냈지만 숙소는 그 자리에 있는 것일까 하는 질문과 마주하자 막막한 기분이 들었다. 숙소는 그 자리에 있는 것일까. 아마도 그 자리에 있겠지. 해만도 여전히 남쪽에서 배를 타면 갈 수 있을 것이고 숙소 역시 그곳에 있을 것이며 원그리스도교정과 암석 박물관도 그곳에 있을 것이고 언제나 끈끈하고 무거운 공기가 그곳을 채우고 있을 것이다. 그런데 책을 읽는 사람은 어디로 갔을까. 그 사람은 여전히 그 자리에 앉아 책을 읽고 있을까. 숙소로 전화를 걸어 그 책을 읽던 사람은 지금 어디서 무얼 하나요 아직 그 자리에 있나요, 하고 물으면 알 수 있을까. 그 사람은 여전히 이곳에 있어요, 이런 말을 들을 수 있을까. 어째서 그 사람은 그 자리에 있을 것 같지 않을까. 모든 것이 그곳에 있더라도 그 사람은 꼭 다른 어딘가로 서서히 자리를 옮겼을 것만 같다. 그 사람은 해만을 떠나고 싶지 않다고 했지만 그곳에 그대로 있을 것 같지 않다. 떠난 사람들은 당연하다는 마음으로 모든 것이 그 자리에 있을 것이라 생각하지만 정말 그런가. 해만도 숙소도 그리고 그 자리에서 책을 읽던 그 사람도 모두 그곳에 있는 것인가. 정말 그럴까. 나도 이렇게 와 버렸는데 모두 제자리에 있는 걸까.

대학생이 떠난 다음 날 밤 어두운 라운지에 앉아 물었다. 나와 책을 읽는 남자는 불도 켜지 않고 어두운 채로 가만히 앉아 있었다. 에어컨을 끄고 열어 둔 창문으로는 커다란 바람이 들어오고 있었다. 시원하지도 않고 크게 크게 불어오고만 있었다. 나와 남자는 맥주를 마시며 대학생 이야기를 하다 계절에 대한 이야기를 하다 지나온 곳들을 이야기했다. 남자는 수도에 대해 물었고 나는 남자의 고향에 대해 물었다. 남자는 서쪽 도시가 고향이라고 했고 나는 그곳에 대해 물었다.

"사람들이 안 가는 곳 중에서, 그러니까 잘 모르는 데, 그런 데 자주 갔던 곳 있어요?"

"음. 집 근처가 그렇지 않나?"

"뭐 그러니까. 그런 데."

남자는 한참을 생각하다 자주 가던 극장 앞의 천변에 대해 이야기했다. 오래된 극장을 빠져나와서 사람들이 없는 곳으로 걷다 보면 물이 흐르는 곳이 있다고 했다.

"물을 보는 걸 좋아하는데, 시간이 잘 가잖아요."

나는 계속 말해 달라고 했고 남자는 천변과 천변 끝에 있는 공원과 공원에 날아오는 비둘기와 비둘기를 쫓는 노인들과 그것들을 다 지나면 왼쪽에 펼쳐진 몇 년째 철거 예정인 대단지 아파트를 이야기했다. 그 모든 것은 전혀 구체적이지도 생생하지도 않았다. 하지만 언젠가 그곳에 가게 된다면 알 수 있을 거라고 생각했다. 극장을 나오면 천변을 볼 수 있는지 흐르는 물을 보고 있으면 정말로 시간이 잘 가는지 노인들은 매일같이 비둘기를 쫓고 몇 년째

삭아 가고 있는 시멘트 덩어리가 어떻게 사람을 매몰시키는지. 실제로 가 보아야 모든 것이 구체적인 그림이 될 것이라고 생각하며 손에 잡히지 않는 이야기를 들었다.

"뭐 다 그대로 있을지는 모르겠지만."

"모르겠지만?"

"사실 모르니까요."

그리고 나와 남자는 한참을 아무 말없이 앉아 있었다. 다 마신 맥주 캔을 구겨서 던졌다. 커다란 바람이 그대로 들어오고 바람이 들어오는 만큼 내가 가진 것들은 스르르 빠져나가 나는 천천히 사라져 가고 가벼워졌다.

여름이 끝나고 나는 수도로 돌아왔다. 한참이 지난 후에야 책을 읽던 남자가 말했던 절대로 돌아가고 싶지 않다는 말을 이해하게 되었는데 이해하고 나자 그 말은 당연하게 여겨져 어째서 예전에는 이해할 수 없었는지 오히려 의아했다. 돌아가고 싶은 사람은 아마 아무도 없지? 어느 때고 그렇지? 여전히 나는 가볍고 바람이 통과하고 흔들거리고 텅 비어 있고, 질문들은 빈 공간을 빠져나가 돌아오지 않는다. 돌아가고 싶은 사람도 돌아가고 싶어지는 때도 없다. 언제나 그랬지만 다시 어딘가로 돌아가고 있었다. 그게 어떻지는 않았다. 사라지는 것을 계속 지켜볼 수 있을 뿐이었다.

해만에서 우리는 문을 열고 인사를 하고 그러다 말이 없고 흔들흔들거리고 떠나고 돌아가고 그리고 생각한다, 그처럼 해만에서 내가 보았던 것은 천천히 모든 것이 멀어지고 사라지는 것이었다. 사라지고 나면 무엇이 남나요? 사라진 곳에 대고 묻는다. 결국 텅 비어 버린 자신이 강렬해질 뿐이지. 아, 정말 그렇지? 질문들도 빠져나간 텅 빈 곳에 대고 대답했다. 아, 그렇네 하고.

그때 내가 뭐라고 했냐면

남자는 거울을 한 번 보고 옷을 점검했다. 청바지와 벨트, 검은 목폴라와 검은 잠바였다. 남자는 잠바의 지퍼를 목까지 채운 후 집을 나섰다. 거리에는 아무도 없다. 이른 시간이었다. 남자는 아무도 없는 상가를 걸었다. 회색 바닥은 의외로 더럽지 않았다. 상가의 문을 열고 밖으로 나갔다. 오전 7시, 남자는 차가운 공기를 가르며 일터에 도착했다. 주머니에서 열쇠를 꺼내 문을 열었다. 계단을 따라 내려가며 불을 켰다. 열쇠로 두 번째 문을 열고 다시 불을 켰다. 남자는 카운터에 가서 앉았다. 싸늘한 공기가 이곳을 채우고 있었다. 남자는 팔짱을 끼고 천장을 바라보며 혼잣말을 시작했다. 남자는 혼잣말을 해야 했다. 왜냐면 시간이 너무 많으니까. 남자는 혼잣말을 하며 세상의 중요한 것들을 되새겼다. 중요한 것들이 마음에 분명하게 새겨져 있어야 일이 수월했다. 세상엔 중요한 것들이 있다. 사람들은 살아 있는 한 마음을 다해 노래해야 하고 자기가 부르는 노래가 무엇인지 알아야 하며 다시 생각해 보아도 그게 뭔지 알아야 했다. 마이크를 잡으면 최선을 다해야 한다. 죽으면 노래하지 못할지도 몰랐다. 그러니까 해야 할 때 해야 해. 남자는 천장이 그렇게 말했다는 듯이 당연하다는 표정으로 대답했다. "그러니까 내 말이." 남자는 손님이 두 번째 문을 열기 전까지 혼잣말을 하며 시간을 보냈다. 손님이 오는 소리가 들리면 팔짱을 풀고 정면을 바라보았다. 손님이 돈을 내고 방으로 들어가면 그때부터 고민하기 시작한다, 그 사람의 노래를. 하지만 못 정할 수도 있다. 언제나 잘할 수는 없으니까. 그날의 손님은 주미였고 남자는 이제 주미의 노래를 정해야 했다.

주미가 노래방에 도착한 것은 오후 6시 50분쯤. 상란이와 함께였다. 둘은 한 시간 넘게 신포시장 닭강정 가게 앞에서 줄을 서서 기다렸다. 한 시간 20분 후 드디어 들어가 20분 만에 다 먹고 일어나 동시에 노래방 가자! 소리를 지르며 닭강정 가게를 뛰어나갔다. 식당 안의 사람들은 이상하다고 생각했다. 그래서 이상한 애들을 보는 눈을 했다. 상란이는 뛰다가 갑자기 멈춰 서서 달이 예쁘다고 손으로 하늘을 찔렀다. 입을 손으로 막고 하늘을 막 찔렀다. 주미는 뭐? 뭐? 하고 다가갔다. 상란이는 주미의 목을 끌어안고 달이 이쁘다 달이 이쁘다 하고 귓속말을 했다. 주미는 간지러워서 웃었다. 웃다가 상란이의 허리를 간질였다. 상란이는 꿋꿋이 참았다. 상란이는 주미의 목을 놔주지 않고 귓속말로 계속 달이 이쁘다 달이 이쁘다 달이 지켜본다 달이 지켜본다 속삭였다. 주미는 상란이를 간질이다 지쳐서 상란이의 발을 살짝 밟고 거의 동시에 상란이의 팔을 확 풀고 뛰었다. 상란이도 같이 뛰었다. 둘은 웃으며 인천의 밤거리를 뛰었다. 먼저 뛰던 주미는 다리가 아파 멈춰서서 상란이를 기다렸다. 상란이는 진작 뛰다 말고 슬렁슬렁 걸어오고 있었다. "여기 가자." 주미는 은행 옆의 노래방 간판을 가리켰다. 상란이는 대답 없이 천천히 걸어오다가 노래방 입구를 갑자기 막고 서서 오지 마 오지 마 하고 웃으며 말했다. 주미는 다시 상란이를 간질이려다가 손가락 하나하나를 문에서 떼어 내고 노래방으로 들어갔다. 노래방은 한 시간에 5천 원이었다. 주미는 2천 원을 냈다. "나돈 없다." 상란이가 3천 원을 냈다. "난 돈 있다."

노래방에는 30대 초반으로 보이는 남자가 옛날 드라마를 보고 있었다. 남자는 둘을 쳐다보지도 않고 5천 원을 받고는 3번 방으로 가라고 했다. 둘은 두리번거리다 남자를 뒤로하고 3번 방에 들어갔다. 주미와 상란이는 3번 방에 들어갔고 남자는 다시 팔짱을 끼고 천장을 바라보며 온 신경을 집중했다. 저 애들은 대체 무슨 노래를 부를까.

"야 여기 벽지가 구름 모양이야."

"노래방 이름이 구름새 노래방이야."

"진짜?"

"진짜!"

"진짜! 진짜! 진짜!"

상란이는 주미를 따라 했다. 진짜! 진짜! 진짜! 이렇게 자꾸만. 자리를 잡은 둘은 노래책을 휙휙 넘기며 노래 찾기에 열중했다. 그러다 상란이가 뜬금없이 징글벨을 눌렀다. 그리고 말했다. "두 달 후가 크리스마스야." 주미도 따라 불렀다. 상란이는 열심히 불렀고 주미는 다음 곡을 고르며 흥얼흥얼 대충 따라 불렀다. 둘은 왠지 행복해졌다. 맛있는 것을 먹고 미리 캐롤을 부르니 좋았다. 하는 일 없이 좋았다. 주미는 뭘 부르지 뭘 부르지 오랜만에 오니 도무지 뭘 불러야 할지 모르겠네 아 징글벨이 끝나 가고 있다 어쩌지 어쩌지 하다가 문득 요즘 랩을 연습하고 있던 게 생각나서 에미넴의 곡을 두 개나 눌렀다. 그리고 상란이가 뭔가 또 누르고 주미는 탬버린을 쳤다.

남자는 팔짱 낀 팔을 풀고 자리에서 일어났다. 3번 방을 향해 걸음을 옮겼다. 남자는 우선 3번 방 앞에 있는 작은 소파에 앉았다. 등 뒤에서는 주미와 주미의 친구 상란이가 징글벨을 부르고 있었다. 주미는 노래를 열심히 부르지 않았다. 주미의 친구 상란이는 열심히 불렀다. 오늘은 주미의 노래를 정해야 하지만 만약 오늘이 상란이의 날이라면 남자는 징글벨을 골랐을 것이다. 징글벨을 고르고 나서 아, 너무 쉽네. 이렇게 쉽게 해도 되나 하고 생각했을 것이다. 하지만 오늘은 주미의 날이고 주미는 노래를 열심히 부르지 않으며 노래를 열심히 부르지 않는 사람의 노래는 정하기가 힘들었다.

상란이는 징글벨을 다 부르고 소파에 털썩 앉으며 말했다. "아 목말라!" 주미는 영어 랩을 하기 위해 온 정신을 집중했다. 상란이는 목마르다고 한 번 더 말했다. 주미는 머릿속으로 이것만 다 하고 대꾸해 줄 테다!라고 생각했지. 그리고 랩을 계속했다. 마이크를 손에 꼭 쥐고 눈을 부릅뜨고 화면을 쳐다본 채로 에미넴의 랩을 했다. 그렇게 주미는 집중하고 있는 자신이 느껴지자 잠시 흐뭇했다가 다시 그런 생각도 들지 않는 집중의 상태가 찾아왔고 곧 랩은 끝났다. "아, 나도 목말라." 주미는 소파에 누웠다.

"랩을 했더니 목이 마르다."

"난 안 해도 목이 마르다."

다시 전주가 시작되고 주미는 튕겨지듯 일어나 정신을

가다듬었다. 그때였나. 상란이는 물을 사러 간다고 했다. 주미가 뒤를 돌아봤을 때 문을 열고 나가는 상란이의 뒷모습이 보였다. 아, 물을 사러 가나 보다 주미는 다시 고개를 화면으로 돌렸다. 분명히 주미는 그 이야기를 들었다. 나 ― 물 ― 사 ― 러 ― 갈 ― 래. 그리고 분명히 대답했다. 응 ― 그 ― 래 ― 갔 ― 다 ― 와. 주미는 노래를 부르다 말고 중간중간 노래책도 보고 누가 있건 말건 무성의하게 탬버린도 치며 노래를 불렀다. 주미는 떠올렸다. 상란이는 물을 사러 간다고 했지, 화장실에 간다고 한 것도 아니고 전화를 받으러 간다고 한 것도 아니지. 물을 사러 간다고 했고 나는 갔다 오라고 했지. 주미는 기억이 났다. 생생하게 기억이 났다. 물을 사러 간다고 했고 갔다 오라고 했고. 다음 곡은 상란이가 고른 노래였고 주미는 멈춤 버튼을 누르고 급히 눈에 보이는 아는 노래의 번호를 눌렀다. 그리고 불렀다. 물을 떠 오나 보다 어디 약수터에서, 물을 받아 오나 보다, 처마 밑에서, 물을 사 오나 보다, 삼다수 공장에서라고 생각했다. 아니 실은 좀 먼 가게로 물을 사러 갔다 온 것으로 억지로 결론을 내리며 노래책을 뒤적였다. 혼자 서너 곡을 부르고 있자니 왠지 노래방 안은 더욱 어둡게 느껴졌고 그래서인지 자꾸만 소파에 엉덩이를 바짝 붙이고 아무 생각 없이 화면만 쳐다보게 됐다.

노래방 속 화면은 늘 목가적이었다. 백인 남자와 여자는 티셔츠에 반바지를 입은 채로 기찻길을 따라 걷고 있었다. 태양은 쨍쨍하게 둘을 비추고 있었다. 남자는 배낭을 메고 있었고 둘은 손을 잡고 있었다. 둘은 인공적일 정도로 선명한 녹색의 풀밭을 걷고 있었다. 화면은 눈부신 녹색과 반짝이는 햇살로 가득했다. 서늘해. 노래방 안은 화면과 무관하게 서늘했다. 주미는 이 서늘한 느낌을 참을 수 없어 획 하고 고개를 돌려 문을 바라보았다. 아무도 없었다. 당연한 일이었다. 주미는 다시 화면을 보며 노래를 불렀다. 그리고 결정을 내렸다. 다음 곡을 다 부를 때까지 상란이가 안 오면 전화를 해 보겠다. 주미는 그렇게 마음을 다잡으며 떨지 않으려 노력했다. 손을 잡은 채로 풀밭을 걷던 남녀는 이제 사라졌고 화면에는 회색의 길이 펼쳐졌다. 회색의 울퉁불퉁한 길 위로 트램이 지나고 있었다. 주미는 부르기 시작했다. 평화를 바라는 노래였다. 이매진 데어즈 노 해븐, 잇츠 이지 이프 유 트라이. 나도 평화를 바란다, 그러니 얼른 돌아와 주미는 그 마음으로 마이크를 꼭 쥐고 불렀다. 유 메이 세이 아임 어 드리머 벗 아임 낫 디 온리 원 아이 호프 섬데이 유 윌 조인 어스 앤 더 월드 윌 비 애즈 원. 트램은 달려가고 있었고 주미는 소파에 등과 엉덩이를 바싹 붙이고 마이크를 가슴까지 끌어당겨서 노래를 부르고 있었다. 여전히 서늘한 노래방 안이었다. 주미는

1절을 다 부르고 천천히 고개를 돌렸다.

문 앞에는 남자가 서 있었다. 30분 전에 카운터에서 5천 원을 무성의하게 챙기던 남자였다. 주미는 태연하게 다시 고개를 화면으로 돌렸다. 트램은 여전히 창백한 거리를 지나고 있었다. 노 니드 포 그리드 오어 헝거. 주미는 한 소절을 부르고 다시 뒤를 보았고 남자는 주미보다 훨씬 태연한 표정으로 방 안을 쳐다보고 있었다. 주미는 침을 한 번 삼키고 웃었다. 나는 아무런 나쁜 마음이 없답니다라는 마음으로 미소라고 할 만한 것을 지어 보였다. 남자의 표정은 조금도 바뀌지 않았다. 남자는 튀어나온 광대뼈에 작고 매서운 눈, 마른 몸을 하고 까만색 목폴라를 입은 채로 팔짱을 끼고 있었는데 주미는 입가가 바들바들 떨리도록 웃음을 지으면서도 저 눈빛은 바로 범죄자의 눈빛이 아닌가 하는 생각을 했다. 주미는 한참을 그렇게 웃고 있어도 남자가 가지 않자 핸드폰을 들고 마치 전화를 하러 간다는 듯이 문을 열었다. 주미가 문을 연 동시에 남자는 문을 밀었다. 아! 문틈에 손이 낀 주미는 비명을 질렀으나 남자는 손에 더욱 힘을 주었다. 잠시 후 남자는 맨 처음 문을 밀었던 것처럼 갑자기 문을 열고 들어와 주미의 어깨를 붙잡고 소파에 앉혔다. '이제 니가 문틈에 손이 꼈을 때 어떻게 비명을 지르는지는 지겹게 봤으니 그만 좀 앉도록 하거라.' 남자는 그런 표정이었다. 주미의 손등은 문틈의 넓이만큼 붉게 쓸려 있었다. 주미는 덜덜 떨면서도 남자를 살피며 휴대폰을 슬그머니 재킷 주머니 안에 넣었다. 그게 뭘 어떻게 해 주는 것은 아니었지만 말이다. 남자는 팔짱을 낀 채로 맞은편에 앉았다. 20~30분 전까지만 해도 상란이가 앉아서 징글벨을 부르던 자리였다. 주미는 간신히 용기를 짜내 남자를 힐끗 보았다. 남자는 주미를 보고 있지 않았다. 화면을 보는 것도 아니었고 먼 곳을 보며 생각을 하고 있는 것도 아니었다. 남자는 노래방 기계와 방 오른쪽 구석 사이 어딘가에 뭔가 있다는 듯이 그곳만을 쳐다보고 있었다. 주미는 어떻게 말을 시작해야 하나 뭐라도 해야 해 소리라도 질러야 해 아니면 그냥 지금 당장 뛰어나가야 해 한 번에 여러 가지 생각에 머리가 터질 것 같았다. 주미는 천천히 손을 뻗어 보았다. 가방이 닿지 않았다. 좀 더 뻗어야 해, 가방이 닿으면 들고 문을 박차고 나가야 해 그렇게 생각하자마자 남자가 노래책을 주미의 머리를 향해 집어 던졌다.

"왜 안 불러!"

"네?"

남자는 테이블 위에 있는 나머지 노래책을 들고 일어나 주미의 머리를 때렸다. 왜 노래 안 불러 왜 안 불러라고 높낮이 없이 말을 하며 때렸다. 그 순간 남자의 벨트가 보였다. 남자는 청바지에 벨트를 하고 있었다. 주미가 머리를 한 대 맞아 고개가 돌아갈 때마다 남자의 벨트가 보였다.

주미는 손으로 머리를 막다가 정신을 차리고 책을 막았다.

"왜 때려요? 왜 왜 그러세요?"

"나는 영어로 노래 부르는 애들이 싫어. 그리고 너는 열심히 안 부르니까 더 싫어."

남자는 다시 반대편 소파로 돌아가 앉았다. 그리고 앉자마자 테이블을 발로 차서 주미의 무릎에 멍이 들게 했다. 주미는 또 비명을 질렀고 남자는 테이블 위로 올라와 주미의 손에 리모콘을 쥐어 주었다.

"얼른 불러. 나는 영어로 노래 부르는 애들이 싫은데 넌 계속 불러도 돼. 왜냐면 계속해서 싫어하고 싶거든. 아무거나 계속 불러. 열심히 안 부르면 열심히 부를 때까지 계속해서 계속계속 때릴 거야."

주미는 노래책을 펼쳤다. 눈물이 계속 떨어져 눈앞의 노래들이 흐려졌다. 주미는 가방에서 휴지를 꺼내 코를 풀고 눈물을 닦았다. 주미는 무섭고도 무서운 동시에 한편으로는 부끄러웠으며 현실적으로는 정말로 노래를 불러야 하는 것인가 하는 고민이 계속되었다. 주미는 노래책을 눈앞에 둔 채 아무것도 하지 못하고 울고만 있었고 남자는 예고대로 때리기 시작했다. 남자는 자기편에 있는 마이크를 들고 주미의 머리를 톡톡 쳤다. 남자는 테이블 위에 무릎을 꿇고 앉아 주미의 머리를 톡톡 하고 때렸고 이 때문에 주미는 남자의 벨트를 자꾸만 봐야 했는데. 그때 주미는 무슨 생각이었는지 남자를 확 밀치고 테이블이 남자의 몸 위로 떨어지도록 발로 차고 그 와중에 가방도 든 채로 문을 열고 뛰었다. 노래방 안에는 아무도 없는지 아무 소리도 들리지 않았고 주미는 눈앞에 보이는 출입문을 보며 저것만 열면 돼!라고 생각하며 손잡이에 손을 뻗었으나 그 순간 눈앞에 자물쇠가 보였고 손잡이를 좌우로 부질없이 한 번 돌리고 나자 목에 서늘한 기운이 느껴져 뒤를 돌아보니 남자는 노래방 마이크 선으로 주미의 목을 감고 있었다. 그리고 아직 손잡이 위에서 떨고 있는 주미의 손 위로 손을 얹어 천천히 손잡이에서 떼어 놓았다. 남자는 마이크 선을 목에 두 번 감더니 말했다.

"걸어."

"네?"

"걸어서 아까 거기까지 가라고."

주미는 목에 마이크 선이 감긴 채로 3번 방을 향해 걸었다. 남자는 부리는 말이나 소의 주인처럼 의기양양하게 이랴! 하고 외쳤다. 주미는 3번 방의 문을 열었고 남자는 주미가 문을 열자마자 따라 들어와 착! 하는 소리가 나게 문을 잠갔다. 주미가 소파에 앉자 남자는 역시나 천천히 마이크 선을 풀어 주었다. "소파 위로 올라가서 무릎 꿇고 앉아." 주미가 무릎 꿇고 앉자 남자는 주미를 쳐다본 채로 뒷걸음질 쳐 마이크를 연결했다. 그러곤 마이크를 톡톡 건드

리더니 다시 주미의 손에 쥐여 주었다. "편하게 앉아. 그리고 얼른 불러."

주미는 소파에 앉아 노래책을 무릎에 놓고 획획 소리를 내며 빠르게 넘겼다. 아주 잠깐 아무것도 무섭지 않았다. 그와 동시에 이제 정말 모르겠다 싶어졌기 때문에 보란 듯이 소리를 내며 페이지를 넘겼다. 주미는 물을 사러 간 상란이가 얼른 돌아오기를 바라는 맘으로 징글벨을 다시 눌렀다. 상란이는 활짝 웃으며 징글벨을 불렀었다, 그거 너무 먼 일 같아 주미는 다시 눈물이 났다. 주미는 남자를 노려보며 눈물을 닦았다. 상란이는 정말 늦는구나 얼른 와서 나를 구해 줘 아니 그냥 밖에서 우리를 보자마자 그대로 도망가서 경찰서로 가 줘 주미는 노래방 화면을 노려보며 눈물을 닦으며 징글벨을 불렀다. 징글벨을 다 부르고서야 주미는 아까 노래방 출입문이 안에서 잠겨 있었던 것이 떠올랐다. 화면에서는 96점! 소질이 있네요!라는 문구가 떴고 주미는 통곡을 하며 울었다. "야! 일어나." 남자는 주미 앞으로 와 주미의 겨드랑이 사이에 두 손을 넣고 주미를 일으켰다. 주미가 일어나자 남자는 주미 뒤로 붙었다. 손은 다시 주미의 겨드랑이 사이에 넣고 귀에 대고 말했다. "문 열고 계산대로 가." 남자는 계산대로 가라고 속삭였다. 주미는 소름이 돋았고 간신히 계산대 앞까지 갔으나 귀가 간지러워 얼른 박박 긁고 싶었다. 남자는 주미의 겨드랑이에 넣은 손을 살짝살짝 움직여 주미의 행로를 정했다. 남자는 주미를 계산대 안까지 데리고 가서는 다시 속삭였다. "냉장고 열고 생수 하나만 꺼내. 하나만." 주미는 생수를 집어 들었고 남자는 다시 겨드랑이에 넣은 손을 움직여 왔던 길을 되돌아가게 했다. 주미와 남자는 다시 3번 방으로 돌아왔다. "물을 마시라고 가지고 오라고 한 거다. 내가 마시려고 한 게 아니라 니가 마시라고."

주미는 눈물을 닦고 손으로 귀를 긁고 겨드랑이를 긁었다. 그리고 한숨을 크게 쉬고 물을 마셨다. 남자는 주머니에서 핸드폰을 꺼냈다. "이거 봐." 주미는 고개를 들어 핸드폰 액정 화면을 보았다. 어두워서 잘 보이지 않았다. 한참을 뚫어져라 쳐다봐도 뭔지 알 수 없었다. 어두운 곳에 누군가가 누워 있는 것 같았지만 뭐라고 말해도 그렇게 믿을 수 있을 것 같았다. "이거 니 친구다?" 주미는 핸드폰 화면을 향해 얼굴을 내밀었다.

"거짓말이잖아요?"

"노래 열심히 부르면 한 장 더 보여 줄 거야."

주미는 화면을 자세히 보기 위해 남자의 팔을 잡았다. 남자는 그 동시에 테이블을 발로 찼다. 주미는 손으로 배를 움켜쥐었지만 팔을 놓지 않았다. 남자는 주미의 팔을 물었다. 주미는 그래도 손을 놓지 않았다. 주미는 왠지 이미 더럽고 기분 나쁜 건 대충이지만 많이 봐서 남자의 침이 묻어도 참을 수 있을 것 같았다. 주미는 남자의 손을 놓지 않았고 남자는 핸드폰을 놓지 않았고 주미의 팔도 놓지 않았다. 둘은 몇 분 동안 실랑이를 벌이다 남자가 테이블을 다시 발로 찼을 때야 둘 다 서로의 팔을 놓을 수 있었다.

"니 친구는 제일 넓은 방에 가둬 놨어."

"넓어 봤자지."

"너."

"왜요?"

"너."

"왜요?"

"너 말이지. 나는 말수가 적어."

"어쩌라구요?"

남자는 말이 없었다. 주미도 말이 없고 노래책만을 바라보았다.

"다시 한번 말하게 하지 말라는 말이다. 너 열심히 안 부르면 죽기 직전까지만 때려서 안 죽게 할 거야. 그리고 니 친구는 죽일 거야. 그러니까 내 말은 다시 말하게 하지 말라는 거다. 너, 알았지?"

주미는 대답 없이 리모컨 버튼을 눌렀다. 주미는 마이크를 켠 채 바닥만 바라보았고 남자는 이전처럼 오른쪽 구석과 노래방 기계 사이 어딘가를 바라보았다. 아무것도 시작되지 않았다. 여전한 서늘함과 정적이 3번 방을 채우고 있었다. 그 공기는 쓸쓸한 것도 외로운 것도 아니었고 차갑게 식은 흰 벽 같은 것이었다. 주미가 바닥만 쳐다보고 있자 남자는 아무 말없이, 그러나 분명하게 소리가 나도록 시작 버튼을 눌렀다. 주미가 고개를 들자 '이것 봐. 말해야 알겠어? 시작 버튼을 눌러야 시작이 되잖아! 자꾸 말하게 하지 마.' 하는 눈으로 시작 버튼을 손으로 가리켰다. 주미는 모르는 척하고 다시 바닥을 보았다. 전주는 시작되고 주미는 기도하는 마음으로 천천히 노래를 따라 불렀다. 내 맘에 평화를 사람다운 사랑을 사람다운 사랑을 내 머리에 평화를 내 맘에 평화를 정의로운 분노는 악인에게 저주를 내 머리에 평화를 외로운 아이에겐 따뜻한 엄마의 눈을 갈 곳 없는 이에겐 다정한 친구의 집을 배고픈 사람에겐 따뜻한 사람의 밥을 비틀린 아이에겐 넉넉한 아빠의 품을 이제 노래를 불러 볼까 불러 볼까 이제 노래를 불러 볼까 불러 볼까. 주미는 조용히 마이크를 내려놓았다.

"응 불러 보도록 해."

"농담하지 마요."

"너."

"왜요?"

"됐다."

정작 됐다 싶은 마음을 먹은 것은 주미였다. 노래를 열심히 부르면, 그러니까 쉬지 않고 열심히 부르면 때리지도 않고 화내지도 않고 어쩌면 상란이도 살 수 있을지 몰랐다. 그게 가능한지 가능하지 않은지는 알 수 없었지만 우선 할 수 있는 데까지 해 보고 나서 생각해 봐도 될 거라는 생각이 들었다. 우선, 노래 부르는 동안은 때리지도, 만지지도, 화내지도 않잖아. 주미는 같은 번호를 또 눌렀다. "또 부를 거예요." 남자는 대답 없이 팔짱을 낀 채로 구석을 바라보기만 했다.

주미는 같은 노래를 다섯 번 불렀다. 마음의 평화는 찾아올까요? 주미는 뭐가 뭔지도 모르겠고 뭘 해야 되는지도 모르겠다, 그런 상태가 지속될 뿐이었다. "자, 이거 봐." 남자는 맨 처음 사진을 보여 줬을 때처럼 핸드폰 액정 화면을 주미의 얼굴 쪽으로 들었다. 주미가 아무런 반응이 없자 팔을 좀 더 뻗어 얼굴 쪽으로 들이밀었다. 그래도 반응이 없자 말없이 화면 위로 손가락을 움직였다. 주미는 그제야 남자의 손가락을 따라 시선을 움직였다. 팔이 등 뒤에 묶인 채로 소파에 고개를 파묻고 있는 여자였다. 상란이 같았다. 하지만 아니라고 누가 말한다면 아니었네라고 말할 수도 있을 것이다. 상란이와 닮았지만 화면 속은 여전히 어두웠다. "거짓말이지." 남자는 다시 한번 손가락을 움직였다. 남자의 눈은 '이게 팔이고 이게 다리야.'라고 말하고 있었다. 주미는 그 말에 대답하듯 다시 거짓말이라고 말했다. 손가락이 천천히 다음 버튼을 누르는 것이 보였고 손을 등 뒤로 한 채 소파에 앉아 있는 여자가 보였다. 소파에 고개를 파묻은 전 사진보다 훨씬 더 상란이 같았다. 상란이구나. 하지만 역시나 사진 속은 어두웠다. "노래는 얘가 더 잘해요." 주미는 놀리듯이 말했다.

"너가 계속 영어 노래만 불렀잖아."

"징글벨도 영어예요."

"징글벨도 영어라구? 그게 지금 니가 할 수 있는 말이니? 이것 봐. 정말 나는 말을 하기가 싫어. 하지만 해야지. 난 그게…… 자꾸만 나에게 말을 시키는 것 같아. 그리고 말을 하면 할수록 점점 화가 나. 너는 그걸 알아야 해. 다시 말해, 나는 말을 하기 싫으나 누가 나에게 자꾸만 말을 시키며 그중 하나는 너라는 거야. 너는 작으니까 맞다 보면 큰 애보다 죽기도 쉬운데 왜 자꾸 말을 하지? 너도 내가 왜 자꾸 노래를 시키는지 모르겠다는 생각이 들 수도 있지만 나는 네가, 너 스스로가, 그러니 너 자신이 작다는 사실을 깨달아야 한다고 생각한다." 남자는 다음 버튼을 눌러 좀 더 가까이서 찍은 소파에 앉아 있는 상란이를 보여 주었다. "봤지?"

남자는 핸드폰을 오른쪽 주머니에 집어넣었다. 그리고

왼쪽 주머니에서 맥가이버 칼을 꺼냈다. 칼날을 뽑은 채로 테이블 위에 탁! 소리가 나게 놓아두었다. 칼에서는 광택이 났다. 광택이 나는 칼은 서늘한 3번 방에 어울리는 물건 같았다. 남자는 테이블 위에 무릎을 꿇고 앉았다. 남자는 오른손잡이였다. 오른손으로 칼을 들었으니까 오른손잡이였겠지? 그리고 칼을 든 손을 들더니 한참을 가만히 있었다. "오른쪽으로 좀 움직여." 주미는 떨면서 오른쪽으로 엉덩이를 밀었다. 목이 메어 입에서 살려 달라는 소리도 나오지 않았다. 남자는 여전히 움직이지도 않고 그 자세였다. 잠시 주미를 바라보던 남자는 칼을 든 채로 말했다. "내 쪽에서 오른쪽으로." 주미는 다시 반대 방향으로 등과 엉덩이를 밀었다. 주미는 스스로를 던지듯 반대 방향으로 몸을 밀었고 남자는 그대로 칼을 내리꽂았다, 한 번, 두 번 남자는 세 번 칼을 내리꽂더니 소파에 손을 넣었다. 주미는 안중에도 없다는 듯이 소파로 풀쩍 내려와 앉아 소파 속을 헤집었다. 남자는 손에 걸리는 것들을 테이블 위에 두었다. 검은색 아디다스 백팩과 애나멜 소재의 파우치, 라일락색 장갑, 옆으로 메는 주황색 가방이었다. 남자는 칼로 물건들 위에 붙은 솜을 치웠다. 아니, 치우려고 했다. 근데 잘 안 되었다. 남자는 계속 한 손은 주머니에 넣고 핸드폰을 만지작거리는 채로 다른 손으로는 칼을 이용하여 솜을 없애려고 했다. 계속했지만 잘 되지는 않았다. 주미는 입을 달싹거리며 말했다. "저." 남자는 계속 솜을 치우려고 하고만 있었다. 몇 안 되는 부피의 솜만이 떨어져 나갔다. 남자는 칼을 놓고 솜을 뭉쳤다. 두 손가락만을 움직여 작은 솜덩이를 만들었다. 남자는 두 손가락으로만 솜을 집어 주미를 보았다. 핸드폰을 만지작거리던 손을 주머니에서 빼서 주미의 눈을 가렸다. 솜을 집어든 남자의 손가락이 주미의 이빨을 파고들었다. 반사적으로 기침이 나왔다. 하지만 참았다. 남자도 아랑곳하지 않고 솜을 주미의 목 근처에 놓고 손가락을 뺐다. 여전히 주미의 눈을 가린 채로 남자는 테이블 위에 걸터앉았다. 꿀꺽, 삼켰다. 남자는 주미의 목을 쳐다보다가 목이 움직이는 것을 보고 손을 뗐다.

"너는 이제 내가 말을 안 해도 될 정도로 재빠르게 움직이는구나. 그런 애는 네가 처음이야. 물론 너도 시간이 많이 걸렸다. 그렇지? 나는 사실 얘네들이 어떤 애들이었는지 잘 기억이 안 나. 말하자면 자세히는 안 난다는 거지. 몇 가지 생각나는 것들은 있어. 있다. 이렇게 머릿속으로 생각할 수 있어. 어떤 말을 했는지, 내가 어떤 말을 하게 만들었는지 그런 것들이 이렇게 머리 이쪽에서 생각이 나."

주미는 오른쪽에서 왼쪽으로 움직이는 남자의 손가락을 쳐다보며 물을 마셨다. 상란이는 살아 있을까? 나는 살아 있다. 앞으로도 살아 있게 될까, 주미는 물을 제대로 삼키지도 못하고 입 사이로 흘렸다. 남자는 아무 말 없이 손가락을 오른쪽에서 왼쪽으로 반복적으로 움직였다. "너도 나중에 머리 이쪽에서 이렇게 생각이 날까?" 남자는 오른쪽에서 왼쪽으로 움직이던 손가락을 멈추고 다시 솜을 뭉쳤다. 한참을 뭉치던 솜을 다시 테이블 위에 놓고 남자는 반대편으로 가 앉았다. 주미는 소매로 입가의 물을 닦았다. 그리고 테이블 위의 솜을 삼켰다. 알약을 삼키듯이 꿀꺽하고 삼키고 물을 마셨다. 물은 어김없이 입 사이로 흘러나와 다시 소매로 닦아야만 했다. 남자는 칼을 접어 주머니에 넣었다.

"노래를 다섯 시간 부른 애가 있었어. 키가 크고 힘이 셌어. 나랑 계속 싸우다가 어쩔 수가 없어져서 노래를 불렀다. 그때 걔는 이렇게 다리를 묶였어. 대가 센 사람이었……던 것이 아닐까……. 나를 끝까지 노려봤거든. 너는. 별생각이 없는 사람이다 걔에 비하면."

주미는 말없이 고개를 끄덕였다. 그렇다, 스스로도 아무 생각이 없다, 정말 그런 사람이라는 생각이 들었다. 말을 하기 싫다던 남자는 갑자기 떠오르는 것이 많았는지 이야기를 하나씩 꺼냈다.

"근데 여기 걔의 물건은 없어. 그렇지만 생각이 난다. 이렇게. 머리 이쪽에서 이렇게 생각이 지나가. 나는 늘 궁금해. 왜 좋아하는 노래들을 부르지 않을까? 노래를 부르라고 시키면 정말 좋아하는 걸 열심히 부르면 되는 거지, 그렇지? 그런데 다들 아무거나 부른다. 이상하지, 이상하다. 나는 그렇게 생각한다. 어 그러니까 이상하게 생각한다는 말이야."

남자는 구석을 쳐다본 채로 이야기를 했다. 여전하다. 남자의 시선은 여전하고 주미는 무섭고 부끄럽기만 하고 손에 힘이 없고 입술은 떨린다. 추운 것처럼. 추워서 떨고 있는 것처럼. 주미는 너무 지쳤고 피곤했고 시간은 지나 밤이 되었고 어쩌면 정말 추웠던 것일지도 몰랐다. 주미는 덜덜 떨면서 다시 버튼을 눌렀다. 전주가 시작되고 가사도 화면에 떴지만 목소리는 잘 나오지 않았다. 갈라지는 목소리를 간신히 짜내어 노래를 불렀다. 애를 써도 목소리가 제대로 나오지 않았다. 주미는 물을 마시고 목소리를 쥐어짜내 물었다.

"나는 이 노래 좋아해요. 왜 아무거나 부른다고 생각하세요?"

그리고 울었다. 울고 있는 주미는 눈으로 어깨로 손으로 울었다. 그렇게 울었다. 계속 울었다. 남자는 천천히 일어나 테이블 위의 물건들을 자기 쪽 소파에 옮겼다. 빈 테이블을 들어 문 앞에 세웠다. 그리고 이전처럼 주미의 겨드랑이에 손을 넣어 주미를 일으켜 세웠다. 겨드랑이 사이에 넣은 손에 힘을 주어 주미를 들었다. 주미는 잠시 동안 붕 뜬 몸이 느껴졌지만 그 즉시 더러운 바닥과 먼지도 느꼈다. 남자는 주미를 들었다 바닥에 내팽개쳤다. 주미는 변함없이 울었다. 눈으로 손으로 어깨로 울었다. 떨어진 그 자세로 계속 울었다. 주미를 내려다보고 있던 남자는 주미의 울음이 잦아들자 주미의 겨드랑이 사이에 다시 손을 넣어 주미를 들었다가 바닥에 내팽개쳤다. 그리고 곧 다시 들어 소파에 앉혔다. 주미는 울기 시작했다.

"너는 이제 더 잘 울게 되었다. 바닥에 떨어지면 더욱더 우는 일에 몰입하게 되지 않아? 스스로를 불쌍하게 여기게 될 수 있어. 너는 이제 무섭지 않지? 불쌍하기만 하지? 그렇다고 생각하면 고개를 끄덕여 봐."

주미는 고개를 가로저었다. 여전히 이가 덜덜 떨릴 정도로 무서웠기 때문이었다.

"그렇게 생각하지 않아도 그런 것이지 않을까? 아주 조금이라도 더 불쌍해졌잖아. 그리고 거기에 몰입했지? 그렇지 않아?"

주미는 소매로 얼굴을 닦았다. 주미는 처음으로 신을 생각했다. 커다란 것들을 생각했다. 노래방보다 커다랗고 사람들보다 커다랗고 인천보다 커다랗고 힘이 센 존재를 생각했다. 저를 구해 주세요. 언제 끝나게 되는지 말해 주세요. 주미는 밀려드는 서러움에 엉엉 울었다. 입에 고인 침을 바닥에 퉤하고 뱉었다. 바닥에 떨어질 때 입술이 찢어졌는지 피가 흘렀다. 침에는 피가 섞여 있었다. 남자는 소파 위의 가방들을 뒤적였다. 교복 와이셔츠가 나왔다. 남자는 교복 와이셔츠를 손에 감고 주미의 얼굴을 닦아 주었다. 땀 냄새와 지하실 냄새가 났다. 남자는 와이셔츠를 주미의 무릎 위에 두고는 주미가 마지막으로 누른 번호를 다시 눌렀다. 반주가 흘렀다. 반주보다 주미의 울음소리가 더 컸다. 울음소리에 묻힌 채로 노래는 끝났다. 남자는 버튼을 다시 눌렀다. 반주가 흘렀고 끝날 때가 되니 끝났다. 남자는 버튼을 다시 눌렀고 주미는 마이크를 쥐었다. 주미는 노래와 상관없이 소리를 질렀다. 눈에서는 여전히 눈물이 나왔다. 눈물과 콧물 피와 먼지로 더러운 얼굴로 주미는 아직 울고 있었다. 주미는 소리를 지르다 노래를 따라 해 보려고 했지만 잘 되지 않았다. 소리를 두어 번 지르고 나니 목이 아팠다.

"나는 또 생각나는 이야기가 있다. 어, 그건. 그건 긴장을 전혀 하지 않는 사람의 이야기야. 그 사람은. 그 사람은…… 내가 이렇게 문밖에서 쳐다봤는데도 즐겁게 계속 노래를 불렀어. 내가 문을 열고 들어왔을 때도 계속 즐거웠던 사람이었어. 그리고 말을 걸었다. 어떻게 오셨어요? 같이 부르실래요? 이렇게 말을 거는 사람이었다. 마이크도 주고 리모콘도 주고 책도 주는 사람이었어. 그리고 굉장히

열심히 하는 사람이었다. 즐거운 얼굴로 엄청나게 열심히
하는 사람이었다! 그 사람은 그렇게 생각지도 못한 모습
을 보여 주었지. 나는 감동을 받았다. 감동을 받았어. 너라
도 그랬겠지? 너라도 그랬을 거야. 너는 아무 생각도 없지
만 그 자리에 있었으면 너도 분명 그랬을 거다. 나는 그렇
게 생각해. 그 사람이 생각이 나. 이렇게 하루하루를 살고
사람들을 만나고 손님을 받고 살다가도 그 사람이 갑자기
생각이 나. 왜 생각이 날까? 감동을 주었기 때문에? 생각
지도 못한 것을 보여 주었기 때문에? 갑자기 그때와 똑같
은 크기의 감정이 순식간에 나보다 커져서 쿵! 하고 떨어
지는 것. 그렇게 돼 버리고 마는 거야. 너는 절대로 알지 못
하겠지만 나는 매일매일 듣는 말이 있어. 매일 듣고 또 실
제로 사람들이 말하지 않아도 들리는 말들이 있어. 그러니
까 나는 매 순간 그 이야기를 듣는 거야. 그건 아주…….

주미는 물을 마시며 생각했다. 그게 뭘까. 그건 아주 어
떤 것일까. 어느새 눈물이 그쳤다. 주미는 얼마 남지 않은
물을 와이셔츠에 붓고는 젖은 면으로 얼굴을 닦았다. 남자
는 갑자기 문을 열고 뛰어나가더니 곧 생수병 하나를 손
에 들고 들어왔다. 남자는 3번 방의 한가운데에 섰다. 그러
더니 생수병을 거칠게 열고 물을 벌컥벌컥 들이켰다. 주미
는 고개를 젖힌 채로 3번 방의 천장을 바라보았다. 편했다.

남자는 소매로 입을 닦았다. 그리고 말했다.

"소파가 말했고 니가 말했고 니 친구가 말했고 어머니 아버지가 말했고 지폐와 동전들이 말했다. 가만히 숨죽이고 있으면 들리는 말이다. 다들 가만히 있다가 고개를 돌리고 묻는 거야. 왜? 왜 하고 묻는 거야. 왜 그렇지? 왜 그러고 있지? 왜 말하지? 왜 그렇게 행동하는 거야? 너도 그렇게 물었어. 아니라고 할 수 없을 거야. 너는 울면서 온몸으로 나에게 물었지. 왜 나를 여기에 두나요? 왜 노래를 시키나요? 왜로 시작되는 질문들을 100개씩 던졌지. 그러지 마! 나는 귀가 너무 아파. 너무 많은 질문을 들어서 귀가 아파 괴로워. 살려 줘 제발. 있지, 날 봐. 노래를 시키면 정말로 좋아하는 노래를 열심히 부르면 되는 거야. 그러면 됩니다. 정말 그러면 돼. 기억해 둬. 그건 꼭 기억해 둬. 아까 말했던 긴장을 하지 않는 사람처럼 말이다. 나는 대답을 하다 보면 하루가 가. 대답만 하다가 하루를 보내는 거야. 이렇게 앉혀 놓으면 사람들이 묻는다고 했지? 왜요? 왜? 왜 나를 이렇게 앉혀 두나요? 왜 괴롭히나요? 왜 노래를 시키나요? 왜 가두나요? 그때 내가 뭐라고 하는지 알아? 그때마다 내가 뭐라고 하냐면."

남자는 바닥에 놓인 생수병에 남은 물을 다 마시고는 목소리를 높였다.

"나는 열심히 하지 않는 사람들이 싫다! 제일 싫다! 이

렇게 크고 분명하게 말해. 그렇게 말해 주었다. 그렇게 말
해 주고 있어. 제대로 된 대답이야. 그렇지? 너도 그렇게 생
각하지?"

남자는 헛기침을 여러 번 하더니 앞서 이야기한 사람이
자신이 아니라는 듯이 목소리를 바꿔 덧붙이는 말을 했다.

"내 말이."

내 말이. 주미는 천장 위로 내 말이. 내 말이. 이 세 글자
가 떠다니는 것 같았다. 하지만 그럴 리는 없겠지. 내 말이.
남자는 주미를 쳐다보며 다시 물었다.

"방금 뭐라고 물었어? 뭐라고 물었지? 왜로 시작되는 질
문들을 했지?"

주미는 고개를 저으며 마음속으로 내 말이, 내 말이 하
고 말했다.

"내 말이. 내 말이. 고개를 젓는구나. 내 말이!"

남자는 주미의 손에 마이크를 쥐여 주었다. 남자의 손
은 커다랬고 주미가 남자의 손이 커다랗다고 생각하자마
자 뼈가 우두둑하고 부서지는 소리가 들렸다. 주미는 소리
를 질렀고 동시에 마이크는 떨어졌고 떨어진 마이크는 통
하는 소리를 냈다. 소리들이 3번 방을 울렸다. 남자는 커다
란 손으로 주미의 손을 감싸고 말했다.

"제대로 해 줘. 제발 제대로 해 줘."

"손가락이 덜렁거려요."

남자는 바닥에 떨어진 마이크를 주어 주미에게 쥐어 주었다.

"손가락이 말하고 있어. 막 질문을 한다. 거만한 자세로."

남자는 목을 가다듬고 말했다. 엄지와 검지로 주미의 가운뎃손가락을 들었다 났다 하며 주미에게 귓속말을 했다.

"제대로다? 제대로다? 제대로란 말이지."

남자는 주미의 얼굴을 가로질러 반대편 귀에 대고 말했다.

"응. 제대로다 제대로다 정말 제대로다."

주미는 떨고 있었다. 남자는 주미의 양쪽 귀에 차례로 제대로라는 말을 하고 나자 안심이 되었는지 숨을 한 번 크게 쉬었다. 남자는 큰 손으로 주미의 어깨를 툭툭 쳤다. 서늘한 3번 방은 더욱 서늘해졌다. 주미는 눈물에 얼굴이 따가웠다. 헝클어진 머리카락이 얼굴에 붙었다. 간지러워. 온몸이 간지러웠다. 주미는 덜렁거리는 가운뎃손가락을 보았다. 모든 것이 꿈 같았다. 나는 어떻게 될까 나는 어떻게 될까 나는 어떻게 될까 주미는 자꾸만 물었지만 점점 더 간지러워질 것이라는 것 말고는 아는 것이 없었다. 주미는 온몸이 간지럽고 그런데 주미는 힘이 없어 긁을 수가 없어.

남자는 3번 방의 문을 닫고 나갔다. 카운터에 앉아 아침에 들어왔을 때처럼 팔짱을 끼고 천장을 바라보았다. 그리고 중요한 것들을 다시 생각했다. 단 하나였다. 사람들은 노래를 열심히 불러야 해. 전주는 시작되었고 주미는 흐극흑흑 소리를 내며 울었다. 남자는 속으로 가만히 오늘은 노래를 정할 수가 없구나. 주미의 장례식에 노래는 없다. 이렇게 정했다.

---

* 111쪽에서 주미가 부른 노래는 「Shalom」(조윤석 작사·작곡) 가사의 일부입니다.(「KOMCA」 승인필)

그럼 무얼 부르지

해나를 만난 것은 샌프란시스코에서였다. 정확히 말하면 버클리인데 버클리 대학 인근에서 한 달에 한 번씩 모이는 모임에 간 적이 있다. 해나는 그 모임에서 만났다. 그 모임은 한국에 관심이 있는 사람들이 모여 한국어를 배우는 모임으로 한국어가 익숙지 않은 교포들이 주로 많았다. 한국어-영어가 섞이는 모임이라 유학 온 지 얼마 되지 않은 학생들도 몇 있었다. 그때 나는 여행 중이었는데 카페에서 한국어로 된 책을 읽고 있는 나에게 누군가 이런 모임이 있는데 나오지 않겠느냐고 권해서 나가게 되었다. 그 사람이 누구였는지는 이제 가물가물하다. 읽고 있던 책은 기억하는데 친구에게서 빌린 잘 팔리는 프랑스 작가의 소설이었다. 그 옆에는 바닥을 드러낸 카푸치노가 있었다.

버클리 대학 근처에 있는 테이블이 넓은 카페, 목요일 오후 8시였다. 그날의 밤공기가 가볍고 건조했다는 것이 기억난다. 모임은 대체로 정해진 순서대로 진행되는 듯했다. 그날의 순서인 사람이 자신이 발표하고 싶은 것들을 발표하고 거기 있는 단어들을 영어는 한국어로 한국어는 영어로 설명해 주는 식이었다. 그날은 해나의 차례였다. 해나의 어머니는 한국인이었지만 아버지는 미국인이었다. 어머니는 10년 전에 돌아가셨고 그 이후 아버지는 시애틀 출신의 미국인 여자와 재혼했다. 그래서 너는 지금 부모와 함께 사니? 아니. 아빠와 아빠의 아내는 엘에이에 살아. 나는 버클리에서 혼자 살고. 처음 본 나에게 이런저런 이야기를 하기 시작했다. 할머니 할아버지는 언제 미국에 왔고 그리고 어머니는……, 하는 이야기가 이어졌다. 나는 설명할 게 아무것도 없었다. 그런가? 하는 표정으로 해나의 이야기를 듣기만 했다. 이야기를 마친 해나는 고개를 돌려 지난주엔 이런 걸 발표했지 그리고 이런 일이 있었지 웃으며 말했다. 나에게 알려 주려 했다. 사람들은 아 맞아 그거 웃겼지 대답했다.

해나는 가방에서 스테이플러가 박힌 프린트물을 꺼내 사람들에게 건넸다. May, 18th에 관한 자료라고 했다. 아 5·18이 May, eighteenth구나 당연한 것을 신기하다고 생각하며 그래? 거기는 내 고향인데 말했다. 해나는 정말이야?

감탄하고는 나를 바라보았다. 왜 놀라워하는 거지 감탄하는 거지 어째서 눈을 크게 뜨는 거지 생각하다 웃으며 그래 나는 거기서 태어났어 덧붙였다. 그러고 보니 내가 샌프란시스코를 여행하던 그때는 5월이었다. 장소는 버클리 인근 카페로 예상치도 못한 곳이었다. 내가 태어난 곳에서 30여 년 전에 있었던 일을 듣게 되는 장소로는 말이다. 나는 한국인들은 정말 선풍기를 틀어 놓고 자면 죽는다고 생각하니? 설마 산소 부족이 이유라고 생각하는 거야? 같은 이야기를 하는 줄 알았는데. 그런 가벼운 이야기를 하는 줄 알았는데. 어쨌거나 거기서 듣는 5월의 이야기는 마치 아일랜드의 피의 일요일이라거나 칠레의 피노체트가 저지른 일과 억압받았던 그곳의 사람들의 이야기를 듣는 것처럼 명백하고 비교적 의문의 여지가 없는 일처럼 들렸다. 마치 영어가 사건에 객관을 주고 있기라도 한 것처럼 말이다. 해나가 가져온 프린트물은 5·18재단에서 만든 영어로 된 자료와 《뉴욕 타임스》에 실린 기사를 편집한 것이었다.

자료를 나눠 받은 사람들은 이제 읽을 차례라는 표정이었다. 사람들은 익숙하게 돌아가며 한 문단씩 읽었다. 빽빽한 글씨로 된 A4 용지가 서너 장쯤 되었는데 의외로 금세 다 읽을 수 있었다. 주문한 음료가 나왔다는 소리가 들렸고 몇이 일어나 음료를 가져왔다. 그때 내 맞은편에 있던 머리 긴 여자애는 커다란 밀크셰이크를 시켰고 나는 카

푸치노를 시켰다. 낮은 잔의 카푸치노의 맞은편에는 기다
란 유리잔의 밀크셰이크가 있었다. 모두들 한 모금씩 마시
고 해나를 바라보았다. 사람들이 제자리에 앉은 것을 보
고 해나는 설명하고 그러니까 이때 한국은 하고 시작하는
이야기들. 그런 것들을 말했다. 그 이야기는 틀리지 않았
지만 한국어로 듣는 것과 영어로 듣는 것 사이에는 몇 개
의 장막이 있었다. 하지만 그 장막은 나에게만 있는 것으
로 해나에게는 없는 것이었다. 나는 커피를 한 모금 마시
고 다시 자료를 보았다. 흰 종이에 빽빽한 글씨와 몇 개의
사진, 뭉개진 얼굴의 남자와 트럭 위에서 머리에 띠를 두르
거나 목에 수건을 두른 젊은 남자들과 무릎 꿇은 사람들
을 내려다보는 군인 그런 사진들이었다. 다시 커피를 한 모
금 마셨다. 그때 누군가 광주가 어디 있는 도시냐고 물었
고 해나는 한국의 지도를 그렸다. 형태를 그렸다고 하는
것에 더 가까울 것이다. 해나는 간단히 그린 한국의 지도
에서 광주를 짚었다. 해나는 광주가 어디인지 정확히 짚을
수 있었다. 여기, 서울의 남쪽 부산의 서쪽. 아, 몇 명이 고
개를 끄덕였다. 샌프란시스코로 어학연수를 온 대학생이
massacre의 뜻을 물었다. 이거 무슨 뜻이지? 계속 나오는데
모르겠네. 누군가 쉽게 설명했다. 잔인한 방법으로 많은
사람들을 죽이는 것. 한국어로는 뭐니? massacre, 학살하
다. 대학생은 각주를 달 듯 massacre에 줄을 긋고 그 밑에

적었다. 학살하다.

해나와는 이메일 주소를 교환했다. 그리고 그 자리는 끝이 났다. 뭔가 좀 더 다른 이야기들이 나왔던 것도 같은데 기억나는 것이 없다. 아마 다음 차례는 누구였지? 아 나 그날 일이 있어. 아 그래? 나 그럼 내가 먼저 할게. 어디서 보지? 네가 정해서 메일 보내. 알았어. 그런 이야기를 했을 것이다. 헤어질 때 해나는 나에게 종이 몇 장을 건넸다. 시가 있었다. 이걸 읽고 싶었는데 못 읽었어. 나는 종이를 받아 들고 숙소로 돌아왔다. 숙소는 차이나타운을 지나야 나왔다. 그때 밤의 색은 푸른색이었고 거리는 푸른색 아래 가늘게 이어지고 있었다. 신호등이 바뀌고 천천히 걸어가고 있을 때 어떤 중년 백인 남자와 눈이 마주쳤다. 중년 백인 남자는 내게 중국인이니 대만인이니 일본인이니 묻고 같이 술을 마시러 가자고 했다. 나는 어느 나라 사람인지 그 이름이 나오면 반응해야지 하고 고개를 끄덕일 준비를 했으나 끄덕일 수 없었다. 이 사람을 따라가 술을 마시고 무엇을 시키든 시키는 대로 해 버려야지 누군가 내 안에서 속삭였다. 그런 마음으로 기다려도 고개를 끄덕일 차례는 오지 않았다. 나는 대답할 순간을 놓쳤다. 일어난 일은 아무것도 없었다. 아무 대답 없이 신호등을 건넜다. 멈춰 서 있는 그 남자를 지나쳐 숙소로 돌아왔다. 침대에 누워 종이를 펼쳤다. 그 시는 김남주의 「학살 2」였다. 한국어와 영어로 각각 타이핑된 그 시는 외국 사람의 시 같았다. 60년대 후반 멕시코나 칠레의 대학에 군인들이 들어섰을 때 그것을 숨죽이며 지켜본 누군가 쓴 것 같았다. 거리에서 사람들이 사라지는 것을 보게 된 누군가 그 누군가가 쓴 것 같았다. 게르니카에 대한 글 같았다. 1947년의 타이베이에 대한 글 같았다. 밤의 골목에서 누군가 얻어맞는 시였다. 누가 때렸다고 하는 시. 누군가가 때리고 누군가는 맞고 죽이는 사람이 있으며 죽는 사람이 있다. 그리고 우는 사람은 아주 많다. 그런 시였다.

다음 장에는 누군가가 눌러쓴 것 같은 글씨가 보였다. 어떤 글이었는데, 그러니까 선언문이었다. 민주주의 수호 이런 말이 보였다. 복사된 선언문 위에 해나의 덧붙인 설명이 있었다. 단기 ####년은 19**으로 바뀌어 있었다.

해나를 다시 만난 것은 3년 후인데 그사이 나는 일본의 교토로 여행을 갔다 온다. 이에 대해 언급하는 것은 두 가지 이유가 있는데 우선 그사이 여행은 그것이 전부였고 또 다른 하나는 광주에 대해 이야기하는 사람을 그곳에서도 보았기 때문이었다. 그 사람을 만난 것은 교토 시조 가와라마치 근처에 있던 바였다. 버클리 대학 근처 카페와 교토의 시조역 근처 바, 둘 중 어느 곳이 더 의외이려나. 30여 년 전에, 내가 태어난 도시에서 있던 일에 대해 불현듯 들는 것으로 말이다. 역시나 바에서 만난 이 사람의 이름도 기억하지 못하는데 커다란 덩치에 60대 초반 정도로 보이는 남자였다. 안경을 썼고 짙은 청색 셔츠를 입고 있었다. 어떤 표정 같은 것은 기억이 난다. 눈의 주름 같은 것도 함께. 어쩌면 그 사람은 내게 이름을 말해 주지 않았을지도 모른다. 아니면 말해 주었대도 내가 부른 적이 없어 기억할 수 없거나. 그 사람은 바의 주인이었고 바에는 나뿐이었고 한동안 나뿐이었다. 나는 생맥주를 마셨고 그 사람은 커다란 냄비에 니혼슈를 데워 마셨다. 나는 끓는 냄비를 바라보다 붉어지는 그 사람의 얼굴을 바라보다 다시 끓는 냄비를 바라보다 하는 것을 반복했다. 그러다 보니 끓고 있는 술이 정말로 알코올 용액 그 자체로 느껴졌다. 맥주는 이렇게 차가운데 데운 술은 몹시 뜨거우며 그것을 마시는 사람의 얼굴도 어쩐지 뜨거워 보여.

"너는 어디서 왔는데?"

"한국."

"한국 어디?"

"어딘지 말해도 모를걸요?"

"어딘데?"

"광주. 서울의 남쪽. 부산의 서쪽."

"아."

그 사람은 물을 한 모금 마시고 니혼슈 옆에서 끓고 있던 무를 건졌다. 장 안에서 달걀과 함께 끓고 있던 무. 무는 장과 함께 오랫동안 끓였기 때문에 짙은 갈색이었다. 정말로 짙은 갈색이었기 때문에 앞서 말한 '장과 함께 오랫동안 끓였기 때문에'를 '장과 함께 오랫동안 끓여져야만 했기에'라거나 '장과 함께 오랫동안 끓여져 버렸기 때문에', '장과 함께 끓이지 않으면 안 되었기 때문에'라고 말해야 할 것 같았다. 이 짙은 갈색을 설명하려면 말이다. 그 사람은 건진 무를 작은 접시에 담아 내게 주었다. 자기 앞으로도 하나 놓았다.

"거기 어딘지 알아."

"정말?"

"내 친구는 「코슈 시티」라는 노래도 만들었어. 이렇게 쓰는 거지?"

바 테이블에 놓여 있던 티슈 한 장에 볼펜으로 光州 City 하고 썼다. 나는 고개를 끄덕였다. 어떤 노래냐고 묻자 그때 군인들이 이 도시로 와 사람들을 많이 죽인 그것에 관한 이야기라고 했다. 아, 나는 짧게 반응하고 다시 맥주를 마셨다. 光州에서 사람들이 많이 죽었지? 제주도에서도 사람들이 많이 죽었지? 지나가는 말처럼 말했다. 술을 넘기며 말했다. 술을 한 모금 넘기며 사람들이 많이 죽은 이야기를 했다. 그 사람은 주방에서 나와 뒤편의 테이블 밑에 쌓인 책들을 뒤지더니 어딘가 구석에 꽂혀 있던 사진집을 하나 들고 왔다. 교토의 거리였고 노천카페였다. 누군가가 의자에 앉아 신문을 펴서 읽고 있었다. 선글라스를 낀 젊은 남자였다. 신문에는 피 흘리는 남자가 군인에게 끌려가고 있는 장면이 크게 실려 있었다. 끌려가는 남자는 정장을 입고 있었고 회사원처럼 보였다. 나는 그 페이지를 오래 보았고 그때 누군가가 바의 문을 열고 들어왔다.

그 이듬해 봄에 해나를 다시 만났다. 처음 샌프란시스코에서 만난 이후로 해나는 가끔 메일을 보내왔다. 어떨 때는 영어였지만 대체로 한국어로 쓴 메일이었다. 안녕, 잘 지내니? 이런 말들도 가끔 어색하게 느껴졌다. 해나의 한국어가 아주 어색한 것은 아니었지만 가끔 스윽 읽으면 한국어 덩어리들이 각각 뭉쳐져 화면에 점점이 찍혀 있는 것처럼 보였다. 그건 나름대로 묘한 분위기가 있었다. 보낸 사람을 특이한 어린이처럼 보이게 했다. 물론 조금 편협한 이야기이다.

해나는 서울에 있는 대학의 어학당에서 한국어 공부를 하고 있다고 했다. 다음 주에 광주에 갈 거야. 네가 광주에 있다면 만나고 싶어. 나는 지금 서울에 있다고 답장했다. 하지만 다음 주에 갈 일이 생길 것 같아. 그럼 만나자.

연락해. 안녕. 내 답장도 어쩐지 흔들거리는 한글의 덩어리 같아 보였다. 어디선가 떼어 와서 컴퓨터 화면에 붙여 놓은 조합들. 하나로 뭉쳐지지 않는 작은 덩어리들.

해나와 나의 목적은 도청 앞에서 열리기로 한 광주 시향의 말러 교향곡 2번 5악장 「부활」의 연주를 듣는 것이었다. 그해는 1980년 5월 광주에서 30년이 지난 해였다. 기념할 만한 해였기 때문에 그런 연주가 야외에서 열리는 것이었다. 해나는 그 전날 광주에 미리 도착해 망월동 묘역에 들를 것이라고 했다. 우리가 만나기로 한 곳은 충장로에 있는 우체국 앞이었다. 사람들은 모두 이곳에서 만나 다른 곳으로 향했다. 오랜만에 본 해나는 머리가 짧아져 있었고 검은 옷을 입어서인지 차분해 보였다. 우리는 인사를 하고 짧게 포옹을 했다. 우리가 보기로 한 연주는 비가 와서 취소가 되었대. 해나는 말했고 나는 아쉽기도 했지만 그럼 이제 몇 년 전 한 번 본 게 다인 해나와 무얼 해야 할지 약간 당황스러웠다. 어쩌지? 묻자, 글쎄 밥을 먹을까 하는 대답이 돌아왔다. 그날은 비가 올 듯 말 듯한 날씨였지만 밤공기는 습하지 않고 상쾌했다. 우리는 근처 중국집으로 가 잡채밥을 먹고 나와 잠시 걸었다.

광주는 조용했고 딱히 다른 날과 다르지 않았다. 특별히 소리 내어 무언가를 말하는 사람은 없었다. 의외로 이곳에서 무언가를 말하는 사람은 없었다. 어떤 날은 큰 목소리로 무언가를 말했지만 다른 때는 입을 다물고 아무것도 말하지 않았다. 아무 말도 하지 않았다 대개는. 우리는 도청을 향해 걷다가 조금씩 떨어지는 빗방울을 맞다가 아비네 비다 하고 낮게 말을 하다 손바닥을 위로 향해 허공에 내밀었다. 빗방울이 손바닥에 떨어졌다. 나는 손바닥을 털면서 걸었다. 비는 곧 그쳤다. 우리는 이 기간 동안만 특별히 공개된 구도청 안을 걸었다. 1층에는 당시 5월의 영상이 상영되고 있었다. 20대 남성 둘이 나란히 서서 당시의 영상을 보고 있었다. 두 남자는 손을 나란히 붙인 채 얌전히 서서 보고 있었다. 나란히 서 있는 나란한 흰색 셔츠 나란한 두 사람이었다. 그 뒤로는 50대로 보이는 일본인 남성 한 명이 또 다른 20대 남성과 일본어로 대화를 하고 있었다. 20대 남성은 한국인으로 보였는데 통역을 해주고 있는 듯했다. 그들을 뒤로하고 2층으로 올라갔다. 해나와 나 외에는 아무도 없었다. 텅 빈 복도. 어두운 복도. 회색 무거운 회색 복도. 시멘트 건물, 벗겨진 페인트 그 둘의 냄새. 이 회색 복도에서 정말로 무슨 일이 있었는지 입밖으로 소리 내어 말을 하는 사람은 드물다. 정말로 이곳에서 무슨 일이 있었는지 아는 사람들은 다른 이야기를 해 줄지도 모른다. 이제까지의 이야기와 다른 이야기를 말이다. 그렇다면 그것은 또 다른 하나의 이야기가 될 것이다. 밖을 보았다. 비가 다시 올지도 몰라. 그런 생각을 하다

도청을 나왔다.

다시 충장로로 돌아온 나와 해나는 구시청 쪽으로 갔다. 구도청을 지나 구시청 쪽으로 크지도 않은 구도심 안을 걷기만 했다. 구도청 구시청 구도심 모든 보지 못한 과거의 거리를 긴 시간을 아는 사람처럼 부르며 걸었다. 늘어선 술집들 중 가장 조용해 보이는 곳으로 들어갔다. 우리는 맥주를 시켰고 주인은 곧 맥주와 유리잔을 가져다주었다. 성능이 좋아 보이는 오디오가 바의 왼편에 있었고 그 주위로 음반들이 차례로 정리되어 있었다. 해나는 나오는 노래를 흥얼거렸다. 맥주를 한 모금 마시고 노래를 따라 부르고 고개를 돌려 구석구석을 살펴보고 있었다. 그때 흘러나오던 음악은 보사노바나 가벼운 재즈였을 것이다. 해나는 서울에 있는 어학당 선생님 이야기를 했고 지난주엔 이런 걸 하며 놀았어 이런 이야기를 했다. 우리는 맥주를 한 병씩 더 주문했고 맥주를 가지고 온 주인에게 해나는 지금 나오는 음악 다 좋아요 하고 웃으며 말했다. 주인은 재즈를 좋아하시느냐고 물었다. 둘은 이런저런 연주자들의 이야기를 했다. 나는 문득 그 전해에 교토에 갔던 것을 생각했다. 봄이었지만 아직 날씨가 쌀쌀했고 어느 날인가는 눈발이 날리기도 했다. 교토는 모든 것이 오래되고 정리되어 있는 것으로 보여서 처음에는 그 안의 사람들이 잘 보이지 않는 도시였다. 하지만 그러다가도 문득 풍경 속 사람들이 생생하게 드러날 때가 있었다. 그때 「光州 City」라는 노래를 만들었다는 사람은 지금 어디서 무얼 할까. 그걸 알려 준 사람은 이제 그 음반을 구하기 힘들 것이라고 말했다. 어딘가에 있겠지만 아마 구하긴 힘들 거야. 그렇게 말했지. 그 이야기를 할 때쯤 누군가 바의 문을 열고 들어왔다. 마르고 세련된 차림을 한 중년 남자였다. 귀를 덮는 은발에 어깨가 딱 맞는 정장을 입고 있었다. 그 사람은 매실이 들어간 술을 주문했다. 그 사람은 매실이 들어간 술을 마셨고 주인은 데운 니혼슈를 마셨으며 나는 차가운 생맥주를 마셨다. 나는 어디서나 맥주를 마셨고 어디서나 사람들은 음악 이야기를 한다.

"「光州 City」라는 노래 알지?"

"「光州 City」?"

"어. 82년쯤인가 나왔을걸."

"하쿠류인가? 하쿠류의 노래?"

"응. 그렇지."

"아 그때 공연 많이 봤는데."

"본 적 있어?"

"그럼. 뭐 그런 노래도 많았는데. 오키나와라든가 천안문이라든가."

"오키나와에 관련된 노래는 많았지."

"응. 그랬지."

그때 누군가가 들어섰는데 마르고 세련된 차림을 한 중년 남자는 아니었다. 귀를 덮는 은발에 어깨가 딱 맞는 정장을 입고 있는 남자는 아니었다. 당연하지라고 생각하며 맥주를 한 모금 더 넘겼다. 방금 들어온 사람은 근육이 붙은 커다란 몸에 아디다스 티셔츠에 면바지를 입고 있었다. 그 남자는 나와 해나를 쓱 보더니 주인 쪽으로 갔다. 이미 다른 곳에서 마시고 온 얼굴이었다. 붉다. 아마 만지면 뜨겁겠지. 그 사람은 바 주인과 친한 듯 주인의 맞은편에 앉아 맥주를 달라고 했다. 그 남자의 왼편에는 40대 남녀가 끌어안고 키스를 하고 있었다. 한 덩어리처럼 붙어 떨어지지 않아 어떤 얼굴을 하고 있는 사람들인지 알 수 없었다. 방금 들어온 남자는 아무런 관심이 없다는 표정으로 맥주병을 손에 쥐고 고개를 끄덕이기 시작했다. 혼자 중얼거렸다. 그제야 잠시 떨어진 남녀는 목이 말랐는지 각자 술잔을 입에 가져갔다. 키스를 마친 남자가 말했다. 잔을 높이며, 그 노래 틀어요. 그 노래. 그 노래는 그해에 서울에 있는 광장에서 부를 수 없게 된 노래였다. 왜인지 납득이 가지 않는 이유로 부를 수 없게 되었고 그 때문에 노래를 부르고 싶은 사람들을 구차하게 만들었다. 왜 부르면 안 되나? 부르게 하라 이런 질문과 발언의 과정을 거치게 했으므로 결론적으로 모멸감을 느끼게 했다. 맥주를 마시지도 않고 맥주병만 들고 고개를 끄덕이고 있던 남자는 천천히 고개를 돌려 묻는다. 그 노래? 키스를 마친 남자는 잔을 여전히 높게 들고 있다. 그래! 들어야지 오늘 같은 날! 그 노래를 들어야지.

"그 노래를 들어서 뭐 해?"

"그래도 언제 들어."

"그 노래를 들어서 뭐 해요? 여기서나 트는 거잖아."

"왜 들으면 안 돼요? 안 되는 거야?"

"듣기 싫으니까. 정말 듣고 싶지가 않으니까."

"그럼 무얼 듣지? 무얼 불러야 하지?"

맥주를 한 모금 마시고 그런가? 그런 거야? 중얼거리던 남자는 잔을 내리고 여자를 끌고 나갔다. 바 주인은 어색한 표정을 했다. 지금 흘러나오는 노래가 끝나자 음반을 바꿨는데 레퀴엠이었다. 바 주인은 레퀴엠을 틀었다. 노래가 금지되면 은유가 이용됩니까. 나는 키스하던 남자의 말을 중얼거려 보았다. 무얼 듣지? 무얼 듣나. 무얼 부르지? 무얼 무얼 무얼 말하다 보니 부엉 부엉 하는 것 같았다. 해나는 벽에 몸을 기대고 무릎을 모아 끌어안았다. 해나는 상념에 빠져 있는 모습을 했다. 나는 그게 싫지도 화나지도 지겹지도 않았다. 더운 기분이 들었다. 그 노래를 틀지 말라고 했던 남자는 다시 일어나서 이런 노래 좀 틀지 말라고 낮은 목소리로 말했다. 레퀴엠이 뭐야. 맥주는 조금도 줄지 않았다. 남자는 혼자 중얼거리다 바를 나갔는데 맥주는 줄지 않았고 여전히 취한 채였고 주인은 만 원짜리를 내미는 남자의 돈을 자꾸 안 받겠다고 했다. 남자는 만 원을 던지고 나갔다. 우리는 가만히 있었다. 나는 편의점에 잠깐 갔다 오겠다고 말하며 잠시 바를 나왔다. 여전히 상쾌한 밤의 공기 손가락 사이로 빠져나가고 있었다. 편의점을 두 바퀴쯤 돌고 캔 커피를 하나 샀다. 편의점 앞 파라솔에 앉아 커피를 마셨다. 이 캔 커피는 검은색 캔에 들어 있는 전혀 달지 않은 캔 커피였다. 검은색 캔에 흰색 글씨로 BLACK이라고 쓰여 있었다. 네가 어떤 기대를 하든 나는 달지 않을 것이므로 달지 않을 것이라는 기대를 하면 나는 너를 만족시키리라, 웅변하고 있는 모양이었다. 달지 않은 캔 커피 쓴 커피를 다 마셨다. 손바닥을 폈다. 투둑 하고 떨어지는 빗방울이 손바닥에 닿았다. 천천히 두 번째 빗방울이 떨어졌다. 세 번째 빗방울, 간격을 두고 네 번째 빗방울도 떨어졌고 나는 모인 빗방울을 빈 캔에 흘려보냈다. 일어나 다시 바로 향했다. 이것 봐, 큰비는 오지 않잖아. 나는 오늘 취소된 공연을 생각했다. 큰비는 오지 않아. 간격을 두고 떨어지는 몇 개의 빗방울뿐이잖아.

해나 옆으로 돌아가 앉았다. 바에는 우리 둘뿐이었다. 주인은 우리에게 커피를 가져다주었다. 또 커피네? 주인은 방금 커피메이커에서 내린 커피를 건네주었다. 커다란 머그컵을 손에 쥐니 손 안이 따뜻해졌다. 방금 빗방울을 모으던 손바닥이었다. 따뜻한 커피를 마시며 나는 가방 안의 수첩을 꺼내 괜히 뒤적거렸다. 핸드폰도 확인했다. 내보일 만한 것은 없었다. 중요한 것은 없었다. 해나는 가방에서 사탕 껍질 같은 걸 버리려고 꺼냈다. 전단지도 꺼냈다. 그리고 종이 한 장을 꺼냈다. 유인물 같은 것이었다. 이거 누가 묘역에서 나눠 주었어. 그런데 주변에 사람이 없어서 나만 받았어. 나는 구겨진 종이를 건네받았다. 시였다. 나는 몇 년 전 버클리에서 해나가 내게 시를 건네주었던 것을 기억해 냈다. 김남주의 「학살 2」였고 나는 그것이 60년대 후반 남미의 상황을 그린 시 같다고 생각했다. 그때는 5월이었고 두 번째 시를 받게 되는 때도 5월이며 그 사이로 몇 년의 시간이 흐르고 그 중간에 교토가 점처럼 찍혀 있지만 그 모든 것은 끊어지지 않고 하나의 공기로 흐르고 있었다. 나는 3년 전의 시선으로 3년 후를 보았으며 내게는 그것이 자연스러웠는데 그 사이를 지나는 바람이 그대로였으며 사람들은 음악을 이야기하고 나는 차가운 맥주를 마시며 그것은 언제나 변하지 않을 것들 중 하나였으며 나는 누가 죽이고 누가 죽고 그리고 아주 많은 것들이 남아 있고 그런 것들을 아는 사람들을 만나고 있었는데 시간은 그 사이를 바람처럼 유유히 지나가고 있었다. 두 밤은 습기가 없는 상쾌한 밤이었고 나는 해나로부터 시를 받는다. 겹쳐지는 밤이었다. 나는 종이를 접어 손에 들었다. 커피와 맥주를 번갈아 가며 마시다 종이를 펴 테이블 가운데에 두었다. 우리는 머리를 맞대고 읽었다. 김정환의 「오월곡(五月哭)」이라는 시였다. 우리는 검지로 한 줄 한 줄 읽었다. 나의 검지 옆에 해나의 검지가 움직였다. 나의 검지는 해나의 검지를 밀듯이, 해나의 검지는 나의 검지에 붙어 있는 듯한 모양으로 움직였다. 우리가 시의 끝부분인 "은밀한 죄악의 밤조차 진저리쳤던 대낮이었습니다"라는 부분에 이르자 두 검지는 종이를 두드렸다 툭툭 하고. 서로의 손가락도 두드렸다. 손가락을 두드릴 때는 종이를 두드릴 때 같은 소리가 나지 않는다. 나는 펜을 꺼내어 이전에 해나가 했던 것처럼 줄을 그었다. "우리들 가난의 공동체여"라는 부분과 "제3세계여 공동체여"라는 부분이었다.

우리들 가난의 공동체여.

제3세계여 공동체여.

(이 둘은 이어진 부분은 아니다.)

공동체는 community, 제3세계는 third world, 해나는 영어로 적는다. 공동체와 제3세계는 몹시 세계 공용 단어 같아서 그 두 단어에 밑줄을 그은 김정환의 시는 김남주의 「학살 2」처럼 꼭 광주의 이야기만은 아닐지도 몰라 이건 60년대 남미의 이야기일지도 모르지 하는 생각이 들게 했다. 모든 명확한 세계들이 내게서 장막을 치고 있었다. 해나는 그때 버클리 대학 근처 카페에서 누군가 광주가 어디 있지? 하고 물었을 때 광주의 위치를 정확히 짚었다. 아까의 그 검지로, 대충 그린 한국의 지도에서 여기야 하고 광주를 짚었다. 누군가 massacre의 뜻도 물었는데 또 다른 누군가는 쉽게 설명해 주었어. 잔인한 방법으로 많은 사람들을 죽이는 것. 한국어로는 뭐니? massacre, 학살하다. 대학생은 각주를 달듯 massacre에 줄을 긋고 그 밑에 적었지. 학살하다 하고. 그리고 또 다른 누군가는 그러면 brutal은 한국어로 뭐니? 아 그건 잔인하다. brutal한 방법으로 많은 사람들을 죽이는 게 massacre. 나는 그런 명확한 세계에 없었다. 마치 아주 복잡한 지도를 보고 있는 것처럼 거기는 어디지? 하고 들여다보아야만 했는데 그렇다고 무언가가 보이는 것도 아니었다. 나는 그렇게 들여다보는 사람이었으므로 당사자는 아니며 또한 명확한 세계의 시민도 아니었다. 내 앞에는 장막이 있고 나는 장막을 걷을 수 없으므로.

검지를 들어 문장의 밑부분을 밀기 시작했다. 손톱이 시의 발을 긁고 있었다.

나는 그때 교토의 시조역에서 걸으면 5분쯤 걸리는 어느 바에 앉아 있었다. 한동안 바의 주인과 나뿐이었고 내가 맥주를 두 잔쯤 마셨을 때 어깨에 꼭 맞는 정장을 입은 은발의 남자가 들어왔다. 그 남자는 매실이 들어간 술을 주문했고 우리는 셋이서 이야기를 나눴다. 그리고 잠시 후 나는 그 말끔한 중년 남자를 보며 묻는다.

"어떻게 다 알아요?"

"뭐를?"

"광주에서 사람들이 죽은 거요. 거기에 사람들이 있었던 거요."

"다 알지."

데운 술을 마시던 남자가 정리하듯 말한다. 우리는 나이가 많은 사람이니까. 그때 살아 있던 사람이니까. 광주에서 사람들이 많이 죽은 거 알지, 제주도에서도 사람들이 많이 죽었다 그것도 알지. 나이 많은 아저씨들이니까 다 알지. 나는 웃었고 나이 많은 아저씨 둘도 웃었다. 그 두 사람은 내게 너는 광주 사람이니까 너도 다 아는 사람이지 했는데 나는 그런가? 하고 혼잣말을 내뱉으며 실실 웃었다. 나는 맥주를 두 잔 더 마시고 그 바를 나왔다. 어쩌면 한두 잔 더 마셨을 수도 있다. 어쨌거나 나는 거기 서 있는 사람은 아니고 거기 서 있는 건 누구라고 말할 수 있는 사람도 아니었고 손가락으로 광주가 어디 있는지 짚을 수 있는 사람도 아니었고 단지 손바닥을 허공에 내미는 사람이었다. 저기 누가 서 있어 하고 뒤돌아 걸으며 혼잣말을 내뱉는 사람. 빗방울을 모아 캔에 흘려보내는 사람.

해나는 움직이는 나의 검지를 바라보았고 나는 계속 검

지를 밀었다. 바의 주인은 저기, 하고 우리를 부른다. 우리
는 뒤를 돌아보았는데 그때 그 사람은 우리에게 저녁을 먹
었느냐고 물었다. 우리는 왜 그런 걸 묻지 이 새벽에? 그런
표정으로 고개를 끄덕였다. 먹었어요 진작. 남자는 어쩔 수
가 없다는 표정으로 또한 말하지 않고서는 참을 수 없다
는 표정으로 이야기를 시작했다. 아뇨, 다름이 아니라 이
근처에 죽이 맛있는 집이 몇 군데 있거든요 떡이 맛있는
그러니까 떡집도 있어요 국수가 맛있는 집도 있고 아 아까
말한 죽은 팥죽인데 팥죽이 특히 맛있어요 호박죽도 있고
깨죽도 있고 그냥 쌀죽도 있고 그런데 닭죽은 없어요 닭죽
은 아마 삼계탕 집에 가야 할 거예요 팥죽에는 새알이 들
어간 것도 있고 그 위에는 가끔 삶은 밤을 올려 주기도 해
요 그리고 밥이 들어간 것도 있지만 역시 면이 들어간 게
제일 맛있어요 그 집에서 쓰는 팥은 묵은 팥이 아니라 새
팥이에요 새 팥으로 팥죽을 만들어요 묵은 팥은 맛이 없
어요 새 팥으로 팥죽을 끓여야 맛있어요 묵은 팥은 뭔가
눅눅한 묵은 맛이 나잖아요 떡집은 매일 아침에 새로 떡
을 뽑는데 지나가면 가래떡을 먹어 보라고 주기도 하는
데 정말 맛있어요 저는 무지개떡 같은 건 잘 안 먹는데 거
기는 무지개떡도 맛있어요 백설기도 맛있고 시루떡도 맛
있어요 바람떡도 맛있고 송편도 맛있어요 그리고 어떨 때
는 거기서 식혜를 만들고 있기도 해요 근데 역시 가래떡이

제일 맛있고 그다음으로 인절미가 맛있는데 인절미를 달라고 하면 거기서 막 콩가루를 묻혀 줘요 뜨거운 떡에 고소한 콩가루를 묻혀 줘요 아 그리고 뭐든지 맛있는 걸 먹으려면 시장으로 가야 하는데 양동시장통에 맛있는 죽집이 있고 아까 말한 집이랑 다른 집인데 떡집 맛있는 떡집도 있어요 국수라고 하면 보통 메밀국수인데 시내에 있는 국숫집 맛있는 데 아시지요 거기 옛날에는 반판도 팔았어요 국수 반판 그렇지만 시장에 가면 다른 국숫집도 있어요 그런데 국수를 먹을 바에는 그냥 팥죽을 먹는 게 낫다 싶을 때가 있어요 아니 보통은 그래요 팥죽에 칼국수 면이 들어가잖아요 그걸 먹는 게 낫지 않나 싶을 때가 있어요 그래서 다시 아까 맨 처음에 말한 죽집으로 가요 새 팥으로 쑨 팥죽을 먹으러 가요.

죽과 떡과 국수의 이야기가 계속되었다. 바의 주인은 레퀴엠이 든 음반 같은 건 진작 빼 버렸다. 레퀴엠을 끝까지 듣지 않고 꺼 버렸다. 그리고 튼 음반은 팻 매시니 같은 거였다. 그날의 밤에 어울리는 연주였다. 다름 아닌 가끔 허공에 손바닥을 내밀면 빗방울이 시간의 간격을 두고 툭툭 떨어졌고 손을 흔들면 손가락 사이로 상쾌한 밤의 공기가 빠져나가는 그런 밤에 어울리는 음반이었다. 우리는 명한 얼굴로 고개를 끄덕이다 한 번씩 먹고 싶다 하고 반응해 주며 죽과 떡과 국수의 이야기를 들었다. 주인은 말할 수 있는 것이 죽과 떡과 국수밖에 없는지도 몰랐다. 끝나지 않을 것 같은 떡과 죽과 국수의 이야기. 가끔 보면 한 달에 아니 두 달에 한 번 정도인가 어쩌면 1년에 10년에 한 번 정도일 수도 있어요, 아직도 종을 딸랑이면서 두부를 파는 할아버지가 있어요. 정말이에요. 나는 거짓말 같은 이야기라고 생각하며 고개를 끄덕였어.

그리고 계속되는 끝나지 않을 것 같은 떡과 죽과 국수의 이야기.

해나는 여름이 지나고 샌프란시스코로 돌아갔다. 연락은 끊겼다. 나는 해나의 전공을 모르고 해나의 직업을 모르고 해나도 내가 뭐 하는 사람인지 모른다. 가끔 해나의 이메일 주소가 기억이 날 때가 있기는 하다. 나는 3년 정도 되는 시간을 하나로 뭉쳐서 바라보는 사람이었는데 시간이 지나자 해나를 중심으로 더 긴 시간들이 뭉쳐졌다. 어떤 밤, 같은 공기를 가지고 있는 밤들은 하나로 모였다. 하나의 시간으로 모였다. 예를 들어 광주, 해나를 만난 곳은 광주였다. 광주의 그 밤에 특별히 크게 소리 내어 무언가 말하는 사람들은 없었다. 우리가 오래오래 들어야 했던 것은 떡과 죽과 국수의 이야기뿐이었다. 그 사람은 다른 중요한 이야기는 없다는 듯이 그 이야기를 했다. 마치 이야기가 끊어지면 안 될 것처럼 말이다. 나는 그 후로 꽤 긴 시간을 보내지만 그토록 떡과 죽과 국수의 이야기를 열정적으로 오랫동안 이야기하는 사람을 만날 수는 없었다. 나는 그 사람만큼 음식에 대해 길게 이야기할 수는 없었다. 앞으로도 그럴 것이다. 하지만 전혀 달지 않은 블랙 캔 커피에 대해서는 자세히 말할 수 있었다. 전혀 달지 않았어, 그걸 기대하고 마시면 완전히 만족시켜 주는 캔 커피지. 해나의 검지는 어떻게 생겼는지 희미하고 하지만 해나의 이름은 기억하고 있잖아. 내게 처음 한국에 관심 있는 사람들이 모여 한국어를 말하는 모임이 있어 하고 권했던 사람은 이름도 얼굴도 기억나지 않는다. 바에서 데운 술을 마시던 사람은 붉은 얼굴이 기억난다. 그 사람은 내게 너는 광주 사람이지 했는데 그 말을 들었을 때 나는 내 옆에 누가 있기라도 한 것처럼 고개를 돌렸다. 고개를 돌린 쪽의 옆자리는 비어 있었다. 나는 광주 사람이라는 소리를 듣자 고개를 돌렸는데 꼭 아닌 것만 같아서 그랬다. 나는 광주에서 태어나고 자랐으며 그 이야기를 듣자 데운 술을 마시던 사람은 기다렸다는 듯이 할 이야기는 그것밖에 없다는 듯이 80년에 광주에서 있었던 일을 이야기했다. 이어서 내게 너도 광주 사람이지 하고 말했는데 그때 나는 순간적으로 아득함을 느끼고 고개를 획 돌리고 반응도 하지 않고 맥주만 마셨다. 반대편의 말끔한 중년 남자는 매실이 들어간 술을 금세 비웠으며 몇 년의 시간이 지났지만 나는 매실이 들어간 술을 마신 적이 없다.

언젠가 시간이 좀 더 흐르고 김남주의 「학살 2」를 다시 읽어 보았다. 나는 이전에 김정환의 시를 읽을 때처럼 김남주의 시도 검지를 밀며 읽기 시작했다. "오월 어느 날이었다"가 반복되는 그 시는 "아 게르니카의 학살도 이리 처참하지는 않았으리/ 아 악마의 음모도 이리 치밀하지는 않았으리"로 끝이 났다. 한밤중 군인들이 도시로 밀려 들어와 사람들을 죽이는 것 사람들이 죽임을 당하는 것 비명을 지르는 것 통곡을 하는 것을 쓴 그 사람은 50이 되기 전에 병으로 죽었으며 그 사람이 죽은 때는 90년대로, 누군가 환멸의 시기라고 말하던 때였으며 6, 70년대 스페인과 멕시코가 어땠는지 무심하게 썼던 칠레의 대표적인 작가인 로베르토 볼라뇨는 50 즈음에 죽었으며 그것과 무관하게 그 시는 여전히 60년대 남미의 이야기처럼 보였고 아일랜드의 피의 일요일을 노래한 것처럼 보였는데 광주의 그날도 공교롭게 일요일이었다고 하며 내가 자꾸만 남미와 아일랜드를 들먹인다고 해서 남미와 아일랜드를 잘 안다는 이야기는 아니다. 그런 뜻은 아니다. 맛있는 떡과 죽과 국수를 잘 아는 사람처럼 남미와 아일랜드를 잘 아는 사람이라는 뜻은 아니다. 전혀 달지 않은 캔 커피에 대해 이야기할 수 있는 것처럼 말할 수 있다는 것도 아니다. 해나를 광주에서 만났던 날 광주는 조용했고 큰 소리로 무언가를 말하는 사람은 아무도 없었다. 그 사실을 말할 수 있는 것처럼 말할 수 있다는 것도 아니다. 아니다. 아니다. 다만 내 앞으로는 몇 개의 장막이 쳐져 있고 나는 그 앞으로 직선으로 나아갈 수 없다는 것, 그것만은 확실하다는 이야기다. 나는 3년 정도의 시간은 하나로 볼 수 있으며 3년 전은 3년 후의 시선으로 볼 수 있으며 그러므로 나는 모든 시제를 지울 수 있으며 그렇게 볼 수 있는 시간들은 점점 늘어나지만 나의 시선은 김남주가 이야기한 "광주 1980년 오월 어느 날"에는 가닿지 않는다는 말인데 이건 좀 신기할 수도 있지만 실은 당연한 이야기다. 확실한 이야기이다. 어떤 같은 밤들이 자꾸만 포개지는 나의 시간 속에서도 말이다. 몇 번의 5월의 밤이 포개지는 나의 시간 속에서도 말이다.

다음 장은 누군가 눌러쓴 선언문인데, 해나는 몇몇 부분을 고쳤다. 설명도 덧붙였다. 단기 ####년은 19**년으로 바뀌어 있었다. ####년 광주 시멘트 건물 회색 복도 5월 마지막 남은 며칠, 그것은 역시나 내가 모르는 시간으로 내가 더하거나 내게 겹쳐지지 않는 시간들이었다.

해만의 지도

지도를 그리기 시작했다. 해만의 지도였다. 해만에서는 한 달여간 머물렀으며 한동안 그곳의 모든 것을 금세 떠올릴 수 있을 만큼 생생했으나 시간은 지났으며 그 때문인가 막상 지도를 그리려니 막히는 부분이 나오기 시작했다. 잠깐 펜을 놓고 들여다보았다. 이건 지도라기보다는 약도에 가까워 보였다. 방금 노트에 그은 선 위에 손가락을 놓고 따라가 보았다. 숙소를 지나 길을 따라 걸으면 슈퍼가 나오고 좀 더 가면 시장이 나왔다. 시장에서 그 페이지는 끝이 났다. 다음 장을 넘기면 숙소 인근의 작은 가게와 집들 골목들이 더 자세하게 그려져 있다. 그때쯤 전화가 왔는데 우연히도 우석이었다. 우석과 나는 이번 주말 부산에서 만나기로 했고 그는 더 자세한 시간과 장소를 말해 주기로 했다. 나는 손을 뻗어 그리고 있던 지도에 적었다. 중앙동역 1번 출구, 오후 3시. 우석은 확인하듯 다시 말했다. 중앙동역 1번 출구, 오후 3시. 나는 방금 그리고 있던 지도가 기억나 우석에게 지도에서 막히기 시작한 부분을 물었다. 실내에 기타가 걸린 초록색 벽의 식당 알지? 그 식당이 어떻게 교회와 만나는 거지? 식당 뒤의 골목에서 오른쪽으로 꺾으면 되는 건가? 내가 묻고 싶은 것은 그것이었으나 우석은 무슨 식당을 말하는 거냐고 되물었고 나는 됐어 만나서 물어볼게 하고 전화를 끊었다.

우석을 만난 곳은 해만에서 머물고 있던 숙소에서였다. 그는 숙소에서 일하는 사람의 친구였고 가끔 숙소로 놀러와 사람들과 고기를 구워 먹거나 맥주를 마시며 영화를 보거나 했다. 가끔 기타를 가져와 노래를 부르곤 했는데 딱히 누군가에게 들려주려고 부른다기보다는 혼자서 연습을 했다. 우석은 숙소에 와서 연습하면 더 잘 되는 것 같다고 했다. 그걸 보고 뭐야 하고 웃었는데 그때 우석은 집에서 하면 진짜 이것보다 못해요 하고 말했다. 나중에 알고 보니 우석은 몇 해 전에 해만의 다른 숙소에서 머물며 일했던 적이 있는데 해만에 오면 그때 알게 된 사람들의 집을 옮겨 가며 자거나 숙소에서 얼마간 일을 해 준다고 했다. 처음 우석을 만났을 때도 우석은 숙소 이웃에 사는 아저씨의 집 풀을 베어 주고 오는 길이었다. 우석은 내게 냉장고에 들어 있던 보리차를 한 잔 따라서 내밀었다. 라이터 있어요? 하고 물었는데 나는 잘못 알아들어 네? 네? 하고 세 번쯤 물었던 게 기억난다. 그 이후로 우석은 나를 보면 무슨 말인지 알겠어요? 다시 말해 줄까요? 하고 놀리곤 했다. 나는 그때 한 달 이상 같은 숙소에서 머무르고 있어, 숙소에서 일하는 사람들이나 자주 가는 가게의 주인, 심지어 원그리스도교정이라는 해만에 와서 처음 듣고 해만을 떠난 이후로는 들을 수 없었던 교회의 젊은 목사까지와도 인사를 하는 사이가 되었는데 우석은 그들 중에서도 꽤 가깝게 지냈던 사람이었다. 사실 생각해 보면 가장 가깝게 지냈던 사람은 아마 새로 온 손님이 없으면 종일 벽에 기대어 책을 읽던 직원이었으나 그와는 우석처럼 자주 또한 오래 연락하는 사이가 되지는 못했다.

나는 다시 그리다 만 지도를 보았다. 숙소를 기준으로 동북쪽에 쓰여 있다. 우석과 내가 만날 시간과 장소. 목요일부터 부산으로 출장을 가. 금요일 일정이 끝나면 토요일부터는 한가하겠지. 2주 전쯤 우석에게 온 메일의 답장으로 부산으로의 출장 일정을 말했다. 생각해 보면 우석이 딱히 여기저기를 옮겨 다니는 사람인 것은 아니었지만 사무실에 앉아, 아무도 없는 내 방에서, 시끄러운 체인형 카페 안에서 확인하는 우석의 메일은 어떨 때는 인도였고 어떨 때는 한국이었지만 줄곧 베트남에 대해 이야기한다거나 해서 '늘 어딘가에 있는 사람'이라는 느낌을 주었다. 어디를 가도 누군가의 집, 그 사람의 친구가 운영하는 식당, 그 식당의 맞은편에 있는 서점의 아르바이트생 그런 사람들의 집에서 며칠씩 머물며 살았다. 가장 최근 우석을 만났던 곳은 회사 근처 중국집이었는데 우석은 거기서 탕수육과 짬뽕과 볶음밥과 고추잡채를 먹었다. 이건 도무지 같이 먹었다고 말할 수가 없다. 우석은 아주 많은 음식을 먹었고 나는 간단한 식사를 했다. 그리고 한 달쯤 후에는 회사로 엽서가 왔는데 인도에서 온 엽서였다. 인도는 과일이 싸고 맛있으며 나는 지금 배탈이 나서 하루 종일 게스트하우스 침대에 누워 있어요라는 이거 무슨 소리야? 앞의 원인이 뒤의 결과를 낳았다는 말이야? 하는 생각이 들게 만드는 엽서였다. 주변에서 누구한테 온 엽서냐고 자꾸 물었다. 회사로 오는 우편물은 보통 누구라도 쇼핑한 물건 정도였던 것이다. 나중에 한국에 와서 보낸 메일을 보니 인도에서는 다리를 접질렀고 다리가 낫자 배탈이 났고 어느 날에는 넘어져서 상처가 났는데 그게 아물지 않아 고름이 생기고 그래서 오른쪽 이마가 늘 좀 뜨거웠고 이제 좀 괜찮나 싶을 때 감기에 걸렸는데 그게 한국에 돌아와서도 안 나아서 고생했다는 내용이었다. 나는 우석이 떠나기 전에 인도에 다녀와서 몹시 인도에 심취한 사람이 될 거면 더 이상 안 만나겠다고 했고 무언가 깨달은 표정을 지을 거면 돌아오지 말라고도 했다. 뭐 농담이었다. 우석 역시 인도에 가기 전에는 인도에 가서 뭔가를 깨달으면 어떡해? 깨달아서 막 다른 사람이 되면 어쩌지? 도를 깨치면 안 되는데…… 그래서 가기 무섭다는 이야기를 했는데 정작 인도에 가서는 아프고 정신이 없어서 뭔가를 깨달을 순간이 없었다고 했다. 뭐야 바보 같아 정말.

다음 날을 위해 일찍 잤다. 아침에 일어나 회사에 갈 준비를 하고 손에 두유 하나를 급히 챙겨 지하철에 올랐다. 기둥을 잡고 졸면서 그리다 만 해만의 지도가 떠올랐다 사라졌다. 왜 갑자기 이걸 그리고 있는 거지? 원래는 해만에 가려고 한다는 사촌 동생의 말을 듣고 챙겨야 할 것들을 메모해 주려다 시작한 것이었다. 하지만 사촌 동생은 제주도로 행선지를 바꿨다가 여행 일정을 미루기 시작하더니 결국에는 예정보다 두 달 늦게 홍콩으로 떠났다. 나는 빈 노트에 해만이라고 쓴 게 다였는데 어느새 정신 차리고 보니 항구에서 숙소까지 가는 약도를 그리고 있었다. 그게 시작이었다.

매일같이 지하철에 오르면 고개를 꾸벅이며 졸았다. 그렇게 정신없는 며칠이 지나고 부산으로의 일정이 가까워졌다. 약간 설렜지만 대체로 피곤한 기분이 들었고 뭐 그래도 우석을 만나면 신나겠지 생각하다 잠이 들었다.

기차 안에서는 자다 깨다 영화 잡지를 뒤적이다 다시 잠이 들다를 반복했다. 그러다 깨어나 보니 부산역이었다. 부산역은 처음이었다. 이전에 부산에 왔을 때는 다른 사람의 차로 가거나 버스를 탔다. 기차를 타고 부산에 올 기회가 없었던 것이다. 부산역에서 내려 트렁크를 밀며 에스컬레이터를 내려왔다. 에스컬레이터의 끝에서 누군가 내게 전단지 같은 것을 나눠 주었는데 포교를 위한 작은 책자였다. 하늘색 표지에는 동그란 원이 그려 있었다. 오른쪽 하단에 쓰여 있는 이름은 원그리스도교정이었고 나는 순간적으로 지구상의 많은 우연이 내 앞에 쏟아진 느낌이 들었지만 고개를 들어 앞을 바라보니 정신없이 지나가는 사람들이 보였으며 어딘가에서 말했다, 마이너한 종교는 의외로 여러 곳으로 교세를 뻗히고는 하지 신기한 일이 아냐 전혀 놀랍지 않아.

정신없는 하루 반이 지나갔다. 업무를 마치고 숙소 근처에 있는 생선찌개 집에서 아주 늦은 저녁으로 갈치찌개를 먹었다. 손님은 나뿐이었고 갈치찌개는 맛있었고 다 먹고 계산을 하고 나오자 주인아저씨가 문을 열어 주었고 문 밖에서 인사를 해 주었다. 또 오세요. 식당 근처 편의점에서 맥주 한 캔을 사서 돌아왔다. 텔레비전을 켰는데 맥주를 다 마시기도 전에 잠이 들어 버렸다. 새벽에 일어나 텔레비전을 끄고 잠결에 남은 몇 모금을 다 마시고 나서야 일어나 화장을 지웠다. 씻고 나자 잠이 다 깼다고 생각했는데 텔레비전을 켜자 다시 잠들어 버렸다. 이상한 텔레비전이네, 잠결에 중얼거렸다. 낮 12시가 넘어서야 느지막이 일어나 씻고 나와 점심으로 카레를 먹었다. 붉은 테두리가 있는 접시에 담긴 카레가 좁은 테이블 위에 놓였다. 아직 우석을 만나지도 않았는데 맞은편에 앉아 있기라도 한 듯 맛있겠지? 하고 물었다. 종업원이 빈 컵에 물을 따라 줬다. 맞은편에는 주말인데도 출근을 한 모양인지 같은 회사에 다니는 것으로 보이는 사람들이 함께 점심을 먹고 있었다. 천천히 먹고 나왔다고 생각했는데 20분밖에 지나지 않았고 나는 중앙동역 1번 출구 근처를 왔다 갔다 했다. 실제로도 그러한지는 잘 모르겠지만 부산역에서 중앙동을 따라 남포동을 지나는 큰 길은 인도가 다른 곳보다 넓은 느낌이라 왠지 부산 전체가 넓은 도시라는 확신이 들게 했다. 매번 나는 이 길을 점으로 부산 전체를 그리고 있었다. 넓은 인도를 점으로 커다란 도시 부산이라는 결과. 주말에도 이 길을 걷는 사람은 그리 많지 않았고 많다 해도 딱히 문제는 없을 넓은 인도 그리고 오래되고 단정한 건물들. 데파트 같은 일본어식 영어 간판 데파트는 백화점이며 데파트라는 백화점에서는 무엇을 파나 잠시 생각해 보면 눈앞에 있는 것은 그리고 다시 넓은 인도와 커다란 도시 부산. 누가 뒤에서 팔을 잡았고 나는 아주 짧은 시간이었지만 일찍 왔네 생각하며 뒤돌아 인사했다. 안녕. 안녕 잘 지냈어? 응. 그래. 근데 어디 가지? 나는 아까 근처를 걷다 보아 둔 카페로 향했다.

우리는 커피 두 잔을 사이에 두고 앉아 다시 인사했다. 잘 있었어? 응. 어때, 잘 있었어? 뭐 조금 바빴어. 우석은 짧은 머리에 여느 때처럼 조금 그은 얼굴이었고 낡은 티셔츠 낡은 배낭 낡은 바지 모든 몸처럼 익숙한 것들을 걸치고 있었다. 우리는 커피를 넘기며 그래, 어제는 뭐 했어? 안 힘들었어? 넌 뭐 하고 지내니 같은 것을 묻고 조금 웃고 그랬다. 그러다가,

"나, 생각났어."

"뭐가?"

"기타 걸려 있던 식당. 거기 웃기게 맥주랑 볶음밥 같은 거 같이 파는 데 아닌가? 거기 말하는 거 맞지?"

"어. 가 본 적 없나?"

"있지. 누가 저녁을 거기서 사 줘서 먹은 적이 있어. 근데 뭐랬지? 거기가 어디냐고 그랬나?"

"아니 거기서 교회까지 그 커다란 원이 달린 교회 있잖아. 거기까지 어떻게 가는 거였지? 그거 물어봤어."

"글쎄. 왜? 다시 가게?"

나는 가방에서 노트를 꺼내 내밀었다. 여기서 막힌다니까. 내가 내민 노트를 한참 쳐다보던 우석은 글쎄, 하고 잠

시 생각을 했다. 음, 하고 무슨 말인가 하려다가 다시 노트를 한참 들여다보더니 이거 애초에 잘못 그린 거 아냐? 하고 물었다. 우석은 노트의 첫 번째 장을 펴 항구에서 숙소로 가는 길은 내가 그린 것처럼 직진하다 세 번째 골목에서 꺾어 다시 좌회전을 하는 게 아니라고 말했다.

"아냐?"

"어, 아니지."

"이거 뭔가…… 아닌데. 계속 보면 맞는 거 같은데 처음 쓱 봤을 땐 확실히 틀렸다고 생각했거든? 그래서 다시 정신 차리고 뭐가 틀리긴 틀렸을 거야 하고 들여다보면 분명히 뭔가 조금씩 이상한 거 같아."

"무슨 말이야. 어디가?"

"잠깐만."

우석은 자신의 가방에서 다이어리를 꺼내 내 노트 옆에 나란히 놓았다. 우석은 다이어리와 노트를 번갈아 가며 보더니 연필로 연하게 내 지도 위에 다시 몇 개의 선을 그렸다. 우석이 펼친 다이어리에는 해만의 지도가, 그러니까 약도라고 해야 할 지도가, 빽빽하게 그려져 있었다. 나는 잠시 봐도 되느냐고 묻고는 우석이 내게 펼쳐 준 장의 앞뒤를 넘겨 보았는데 어느 장에나 지도가 그려 있었고 지도 위에는 몇 개의 별이 있었다. 내 노트 위에 뭔가를 다시 그리고 있는 우석에게 지도를 보이며 물었다. 이게 뭐야? 우석은 내 손에서 다이어리를 받아 잠시 들여다보았다. 그건 당연히 표시지. 표시? 무슨 표시냐고 묻자, 잠깐만 하고는 다시 내 노트 쪽으로 눈을 돌렸다. 우석은 자신이 새로 그린 선을 골똘히 쳐다보다 지우개로 뭔가를 지우더니 다시 아까와 같은 곳에 선을 그었다. 다이어리 안의 지도는 내가 그린 지도보다 훨씬 자세했고 정확해 보였다. 당연한 일이다. 우석은 나보다 더 오래 해만에 머물렀으며 나는 방향 감각이 없다. 정말로 거의 없다고 해도 좋다. 나는 다이어리 안의 지도를 손가락으로 짚어 가며 보기 시작했다. 대부분의 지도에는 별표가 있었고 어떤 지도에는 작은 글씨로 적은 메모가 있었다. 이 슈퍼에서 서나는 우유를 나는 아이스크림을 먹었다. 이런 것들. 창에서부터 들어온 햇살에 눈이 부셨다. 얼굴에 손을 대면 머리카락과 눈썹과 새끼손가락을 지나 목으로 햇살이 향하고 있었다. 어지럽네 생각하며 얼음물을 가져와 마셨다. 일어났을 때는 살짝 비틀거렸다. 우리는 커피를 다 마실 때까지 지도를 그리고 보고 아무 말없이 그러고 있었다. 그러다 우석은 내 손에서 다이어리를 가져가더니 내 노트 옆에 새로운 지도를 그렸다. 왼쪽 페이지에는 내가 그린 지도가 오른쪽 페이지에는 우석이 새로 그린 지도가 있었다. 우석이 내 노트에 새로 그린 지도에는 몇 개의 별표가 있었다. 다 그린 우석은 두 페이지를 붙였다. 약간의 간격 차가 있었고 몇 개의 선이 새로 그

어져 있었지만 많은 부분이 일치하고 있었다. 기도하듯이 종이 두 장을 손바닥 안에 모으고 있는 우석의 손 위로 내 손을 겹쳤다. 나의 손 안에는 내 손보다 큰 우석의 손이 있고 우석의 손바닥 안에는 해만의 지도와 별로 된 몇 개의 표시가 있다.

우석과 길게 이야기하게 된 계기는 해만으로 숨어든 존속 살인을 한 범죄자 때문이었다. 나는 지나가듯 그 사람을 본 적이 있느냐고 숙소에서 일하는 사람에게 물었던 적이 있는데 그는 본 적이 없다고 말하고는 잠시 생각하다가 근데 그런 게 궁금해요? 하고 웃으며 물었다. 나는 아니 뭐 그냥요라고 머뭇거렸고 그는 숙소 주인은 알지도 모른다고 했다. 며칠 후 그는 우석이 숙소로 놀러왔을 때 이 사람이 그걸 물어봤어 하며 놀리듯 말하고는 우석에게 넌 본 적이 있지? 하고 물었고 우석은 에? 그런 걸 물어봤어? 하고 웃으며 진짜야? 하고 몇 번 더 물었다. 그러더니 몇 번 봤다고 대답했다.

"저녁에 바닷가에 가면 혼자 앉아 있을 때가 있었어요. 그러니까 저녁에 두 번 정도 봤을 거예요. 밝을 때도 봤는데 원그리스도교정 기도실에서 몇 번 봤어요. 무릎 꿇고 기도할 때도 있었고 무릎 꿇고 자고 있을 때도 있었어요. 제가 그때 목사님 부탁으로 기도실 청소를 몇 번 했거든요. 하면 회랑 술 사 준다 그래 가지고. 내 또래 아니에요? 내 또래로 보이는 남자가 있어서 신기하다고 생각해서 기억하고 있었거든요. 그리고 왠지, 그니까 분위기가 달랐어. 그래서 왠지 막 자꾸 쳐다봤는데."

그때 우석은 지금보다 어려 보였지, 생각하며 손을 컵으로 가져갔다. 뭐 더 마실까? 묻자 물이나 더 마시자고 대답했다. 유리컵에 물을 담아 돌아왔는데 여전히 우석은 지도를 살피고 있었다. 손에 연필을 든 채로. 내가 오는 것을 보자 우석은 노트와 다이어리를 덮고는 컵을 건네받았다. 아, 맞다 하고는 우석은 이제 6개월간은 부산에서 살게 되었다는 이야기를 했다. 우석은 2년 만에 복학을 했는데 다니는 학교가 부산에 있는 다른 대학과 자매결연을 맺고 있어 이번 학기는 교환학생으로 부산에 있는 대학 기숙사에서 사는 것이라고 했다. 교환학생으로 부산에 있는 대학 기숙사에서 사는 것이 아니라 교환학생으로 부산에 있는 대학에서 공부하게 되었다고 말하는 게 맞는 거 아냐? 묻자 우석은 아, 그러네? 하고는 웃었다. 학교를 다니긴 다니는구나 생각하며 아 잘됐다 하자, 잘되었다고 하는 사람 처음 본다고 여전히 웃으며 말했다. 오늘도 기숙사에서 온 것이라고 했는데 그 말을 할 때 조금 신나 보였다. 이제 갈까 묻고는 노트를 가방에 넣었다. 우리는 짐을 챙겨 자리에서 일어났다. 8월 말, 오후였지만 아직 밝았다. 잘 익은 오후의 공기가 우리를 맞았다. 문을 열었을 때 온몸으로 천천히 다가오는 오후의 바람과 햇살, 우리는 걷기 시작했다.

걸었다. 걸을수록 그림자가 천천히 사라지고 해가 지고 있었다. 걷다가 보이는 중국집에 들어갔는데 저기 왠지 맛있어 보인다 하고 말하자 우석이 나도 그렇게 생각했는데라고 말해 줘서 그럼 갈까 했다. 지난번에도 중국 음식 먹었는데 또 중국 음식이네? 그러니까 우리는 자주자주 봐야 해. 중국 음식 한국 음식 일본 음식 뭐 별거 별거 만날 때마다 먹어야지. 그러고 나서 좋네 하고 동시에 말하고 또 조금 웃고 메뉴판으로 눈을 돌렸다. 잡채밥과 볶음밥을 시켰다. 우리 술 마실 거니까 많이 먹지 말자고 말하자 우석은 이것도 저것도 많이 먹을 거라고 하더니 볶음밥 하나만 시켰다. 우석은 물을 마시며 다시 가방에서 다이어리를 꺼내 지도를 펴 보았다. 우석은 말없이 다이어리 안의 지도를 보고 나는 그런 우석을 보다 플라스틱 구슬로 엮은 발이 쳐진 중국집 입구를 보았다. 밖은 어두워지고 있었다. 중국집은 우리가 나가면 곧 문을 닫을 예정인지 열심히 정리 중이었다. 동파육 라조기 깐풍기 탕수육 기스면 울면 짬뽕 짜장면 볶음밥 잡채밥 송이버섯밥 짬뽕밥 왼쪽에서 오른쪽으로 늘어선 메뉴들은 형광 색지에 매직으로 쓰여 있었다.

처음 우석과 길게 이야기를 하게 된 후 나는 가끔 그 사람에 대해 물었는데, 그래서 뭔가 달라 보이는 게 어떻게 달라 보였다는 건데요? 말은 해 본 적 없어요? 이런 것들을 물었다. 우석은 한참 생각하다 말을 고르고 골랐지만 스스로도 확신할 수 없다고 했다. 어떨 때는 노래 부르고 이야기해 줄게요 하고는 노래만 계속 불렀지. 그러다 며칠 뒤 생각났다는 듯이 경찰서에 가서 진술도 했어요 근데 뭐라 그랬는지는 잘 생각이 안 나네 했다. 안 무서웠어? 하고 묻자, 잘못한 게 없는데 뭐가 무서워요? 근데 좀 긴장하긴 했어요 하고 턱을 괸 채로 말했다. 내가 해만을 떠난 이후 우석은 두어 달 더 해만에서 지냈다고 했다. 그때 이야기는 별로 안 하는데 생각해 보면 할 이야기가 없을 것이다. 어디서나 특별한 일은 잘 일어나지 않으며 해만에서라면 더욱 그럴 것이라는 생각이 들었다.

"언제 돌아갔지?"

"뭐가?"

"집에 말이야."

"7월쯤이었지? 왜?"

"8월 말에 서나라는 애가 숙소에 왔거든. 근데 그 애가 그 아버지 죽인 그 사람 있잖아. 그 사람 여동생이라고 그랬어."

"그래서?"

"자기 오빠에 대해 말해 달라고 했어."

"다짜고짜 그냥?"

"아니 이야기하다가 자기 오빠가 여기서 뭐 하고 지냈는지 알려고 왔다는 말을 했어."

우석은 기름진 밥을 입에 밀어 넣으며 말했다. 이거 더러워지면 안 되는데 하며 다이어리를 덮었다. 지도 위의 별표는 우석이 그 사람을 만난 곳과 서나와 함께 있었던 곳을 표시해 둔 것이라고 했다. 서나라는 사람은 어떤 사람이었냐고 물어보려다 나중에 조용한 데서 물어봐야지 생각하며 관두었다. 가끔 한 번씩, 맛있네 괜찮네 같은 말을 하며 기름진 밥들을 먹었다. 벽에 걸린 시계를 보니 7시가 지나 있었다. 시간은 많다, 그렇지? 없으면 다른 밤에서 빌려 와도 돼. 하지만 그러지 않아도 될 거야. 시간은 많아. 우리가 아무 이야기를 하지 않아도 모든 이야기를 해도 될 만큼 시간은 많다.

좀 걸을까? 말하고 광복동 길을 걸었다. 환한 간판의 상점들 웃으며 이야기하는 얼굴들 왜 이런 것들이 마음을 슬프게 하는지 알 수 없는 늦여름 저녁의 거리. 걷다 보니 오른편에 공원으로 향하는 에스컬레이터가 보였고 우리는 누가 말하기도 전에 에스컬레이터에 발을 올려놓았다. 경사가 높네 생각하며 위를 올려다보니 한참이나 남은 계단들이 보였다. 아래를 보니 이미 우리는 꽤 올라와 있었다. 이렇게나 빨랐다. 우리는 빠르게 올라가고 있었다. 우석은 무슨 노래인가 흥얼거렸는데 귀 기울여 들어 보니 할렐루야가 반복되는 노래였다. 에스컬레이터에서 내리자 부산 타워가 보였고 타워는 마치 이렇게 높고 환한 것이 바로 자기 자신이라는 듯 스스로 어여뻐 보였다. 우리는 에스컬레이터에 발을 올렸던 것처럼 별다른 고민 없이 부산 타워로 향했다. 입장료가 4천 원쯤이었나, 의외로 비싸네 생각했고 이건 내가 낼게 하고 우석이 만 원을 매표소에 내밀었다. 엘리베이터에는 유니폼을 입은 여자 직원이 버튼을 눌러 주기 위해 기다리고 있었고 열심히 웃고 있었다. 우리가 타고 일본 관광객 둘이 타고 문은 닫힌다. 소리 없이 스르륵 올라가고 있는 엘리베이터 안에서 관광객들은 무슨 이야기인가를 하며 즐거워했고 직원은 무언가 설명을 하고 나는 서나라니 왠지 바람 부는 소리 같은 이름이다 뭔가 입안에서 빠져나가는 것만 같아 생각했다. 문이 열리고 나와 우석은 가만히 서서 부산의 야경이라고 할 만한 것을 바라보았다. 환하다. 이건 마치, 마치, 마치, 뭐랄까 생각하다 우석을 바라보니 우석은 홍콩 같아요 근데 홍콩이 훨씬 환하지 하고 말했다. 마치, 마치 홍콩 같은 건가? 얼굴을 창 쪽으로 바짝 붙여 눈앞에서 반짝이는 것을 보았다. 뒤에는 작은 의자를 하나씩 붙여 놓은 카페가 있었고 소프트아이스크림과 맛없을 게 분명한 커피를 팔고 있었다. 아이스크림을 먹고 있는 어린애가 있었는데 별로 즐거워 보이지 않았다. 묵묵히 엄마가 사 준 아이스크림을 숙제처럼 먹고 있었다. 몇 시지? 물었는데 우석이 손으로 아이스크림 파는 직원을 가리켰다. 직원 왼편으로 벽시계가 보였고 8시가 넘었다. 갈까? 물었지만 대답 없이도 걸음은 엘리베이터 쪽으로 향하고 있었다.

우석은 이전에 친구와 함께 갔던 가게가 있다며 그곳으로 가자고 했다. 왔던 길을 되짚어가자 카메라 상점 옆으로 좁은 골목이 보였고 좁은 골목을 가운데에 두고 작은 카페와 식당과 술집들이 붙어 있었다. 골목 끝은 좀 더 넓은 길과 이어져 있었고 그 너머로 호텔이라는 간판이 보였다. 배고프지? 어 조금. 배 안 고파? 고프진 않아. 우석은 여기야 하고 오른편에 있는 가게 문을 열었는데 열자마자 가게 안 사람들의 소리가 확 하고 밀려왔다. 다행히 비어 있는 자리가 있어 그리로 가 앉았다. 주위를 둘러보았다. 사람들 맥주를 마시는 사람들 뜨거운 국물을 후후 부는 사람들 붉은 얼굴을 감싸 쥔 사람들 주문하려고 손을 든 사람들 모두 웃는 얼굴로 즐거워하고 있었다. 가져다주는 물을 마시며 메뉴판을 보았다. 우리는 구운 소시지와 맥주 두 잔을 우선 시켰다. 머릿속에서는 서나라는 서늘한 바람 같은 이름이 맴돌았고 그 애의 오빠라는 가만히 그려졌다 흐려지는 한 남자가 떠올랐다가 사라졌다. 아버지를 죽이고 도망 다닌 젊은 남자가 말이다.

그래서 그 서나라는 애한테 이야기한 거야? 바닷가에서 봤던 거 그런 거 다 막 이야기한 거야?

음. 그러니까 처음부터 막 말한 건 아니고, 나도 사실 잠깐이니까. 실제로 본 건 잠깐이었거든. 그래서 말하고 또 한참 생각하고 바닷가에 같이 가 보고 교회에 같이 가 보고 그러다 보면 뭔가 생각나는 게 있기도 해서 또 말하고 그랬지.

어떤 애야?

그냥 열여덟 열아홉? 그 정도로 보이는 앤데 자기 입으로는 스물셋이라 그랬어. 말이 그렇게 많진 않은데 뭔가 고집이 세 보였어. 나한테 그 바닷가로 데려가 달라고 하고는 다른 이야기는 안 하고 내 앞에서 아무 말없이 기다리는데 같이 가 주지 않으면 안 될 것 같았어. 좀 무서웠어.

우석은 내게 노트를 달라고 하더니 자신의 가방에서는 다이어리를 꺼냈다. 맥주를 마시며 어두운 조명 아래 노트와 다이어리를 폈다. 우석은 잘 보이지 않는 길 위의 별표 하나를 손가락으로 가리키며 여기가 서나와 처음 말한 데야 하고 말했다. 여기가 어딘데? 묻자 시장 근처 생선구이 가게라고 했다. 서나는 배낭을 메고 있었고 테이블 옆에 트렁크도 있었다고 했다. 우석은 처음 보는 사람에게도 스스럼없이 말을 잘 걸었는데 그때도 서나에게 여행 왔어요? 생선은 맛있어요? 어디서 묵어요? 언제 왔어요? 이런 걸 물었다고 했다. 뭐야 좀 무서웠겠는데?라고 말하자 살짝 놀라며 그런가? 하고 물으며 나를 빤히 바라보았다. 서나는 잘 웃지도 않고 이렇다 할 대답도 별로 안 해 줬다고 했다. 서나가 앉은 테이블의 맞은편 벽에는 아버지를 죽인 그 남자의 몽타주가 걸려 있었는데 우석은 아무 생각 없이 그 몽타주를 가리키며 저 사람 알아요? 나 저 사람 본 적 있는데 하고 말했는데 그렇게 말하는 우석을 서나는 한참 쳐다보았다고 했다. 나는 방금 전 우석이 가리켰던 그 별표를 바라보았다. 별표와 별표 바깥의 작은 사각형과 사각형이 놓인 선과 그 선이 가리키는 길을 떠올려 보았다. 생선을 굽는 냄새와 연기 어딜 가도 이어질 것 같던 연기 그 연기가 피어나는 식당과 그 식당 안의 오래된 탁자와 의자들 무심한 주인과 그 남자의 몽타주와 원그리스도교정 달력과 그 모든 것을 무력하게 만드는 생선 굽는 냄새와 연기. 어느새 음식 접시가 눈앞에 놓였고 나는 맥주 한 모금을 더 마셨다. 우석은 그 밑에 있는 별표를 가리켰다. 내가 묵던 숙소였다. 서나와는 식당에서 인사를 하고 헤어졌는데 저녁에 숙소로 놀러가니 서나가 숙소 라운지에서 우석의 친구와 이야기하고 있었다고 했다. 서나는 웃는 얼굴로 손을 흔들며 인사하는 우석에게 고개를 살짝 숙여 인사했다고 했다.

　다른 몇 개의 별들도 모두 차례차례 서나와 같이 간 곳들이라는 이름으로 설명되었다. 우석이 시장 쪽 편의점에 이르렀을 때 문득 원그리스도교정의 젊은 목사가 생각났다. 그 젊은 목사와는 우연히 편의점에서 마주친 적이 있었다. 그때 나는 격주간 영화 잡지와 커피를 골랐는데 뒤에서 기다리던 젊은 목사가 그걸 대신 계산해 주었다. 여러 번 사양했으나 다음번에 맛있는 것을 사 달라고 하더니 결국 계산해 버렸다. 그러더니 자기가 고른 캔 커피를 내게 주며 이게 더 맛있는데? 왜 그거 마셔요 하고 말했다. 편의점을 나와 파라솔 아래 앉아 목사가 고른 캔 커피를 같이 마셨다. 뭐야 맛있잖아 생각하며 맛있네요 하자 당연하지 하는 표정으로 그렇다니까요 했다. 그는 교회라든가 원그리스도교정의 교리라든가 혹은 어떻게 목사가 되었다든가 하는 것은 하나도 말하지 않았고 내게도 왜 해만에 오셨어요라든가 뭐 하는 분이세요 같은 것을 묻지도 않았다. 내 손에 든 영화 잡지 표지를 보며 그런 거 보면 재밌어요? 묻더니 휙 하고 손 안에서 빼 갔다. 우리는 고개를 한 곳으로 향한 채 커피를 마시며 잡지를 보았다. 어떤 영화 배우의 인터뷰가 특집으로 실렸는데 그 사람은 드물게 슬럼프 없이 꾸준히 좋은 연기를 보여 주는 사람이었다. 영화를 고르는 눈도 좋았고 자기 관리도 확실했다. 인터뷰에서 그는 이런 말을 했다. 그가 한 말은 큰따옴표로 처리되어 사진 위에 찍혀 있었는데 그럴 듯한 말인가? 생각하며 읽기 시작했다. 저는 제가 몹시 연기하고 있지 않나 늘 스스로에게 묻습니다. 저는 몹시 연기하는 것을 경계합니다. 아주 잘하더라도 그것은 몹시 연기하는 것일 뿐이기 때문입니다. 그게 아니라면 어느 정도는 이런저런 시도를 해 보려 합니다. 하지만 몹시 연기하는 것, 몹시 연기하고 있다고 느껴지는 것. 그게 가장 두렵습니다. 회색 카디건을 입은 배우의 왼편으로 그가 한 말들이 찍혀 있고 나는 몹시 연기하는 것이라…… 생각하다 어쩌면 나보다 어릴지도 모르겠네 싶은 젊은 목사의 얼굴을 올려다보았다. 목사는 아주 잘 만들어진 웃음을 내게 보였고 이 사람은 스스럼이 없어 목사처럼 보이지 않는 목사를 몹시 연기하고 있네 하는 생각이 들었다.

나는 고개를 들어 우석에게 이 편의점에선 뭘 했느냐고 묻자, 서나와 같이 컵라면을 먹었다고 했다. 우석은 그 애가 컵라면을 먹고 라면 국물에 밥을 말아 먹고 삶은 달걀을 먹고 닭다리를 데워 먹고 오렌지 주스와 콜라를 마셨다고 했다. 뭔가 좀 화난 표정으로 먹고 또 먹었다니까 하고 우석은 말했다. 그러고는 메뉴판을 달라고 하더니 짬뽕을 주문했다. 나는 이 편의점에서 목사가 내게 캔 커피를 사 줬다고 하자 그래? 하더니 그 사람은 뭐든 잘 사 줘 했다. 나는 내 노트를 펴 지도에서 편의점으로 보이는 지점에 동그라미를 그렸다. 여기서 목사는 커피를 사 주었으며 일주일 후에는 병맥주와 데운 치킨을 사 주었으며 맥주를 벌컥벌컥 쉬지 않고 마시더니 나중에는 붉어진 얼굴로 엉엉 울었으며 그리고…….

우석은 내 노트를 보더니 원그리스도교정이라 동그라미야? 하고 물었다. 나는 웃기지? 하고 대답하고는 다시 노트를 보았다. 문득 부산역에서 받은 책자가 떠올랐다. 거기에는 부산에 있는 원그리스도교정의 교회인지 기도원인지 알 수 없는 곳의 주소와 전화번호가 적혀 있었다. 이 주소로 찾아가면 왠지 웃는 얼굴로 감금시키고 하루 종일 기도만 시키다 집에 전화를 걸게 시켜 5천만 원쯤 가져오라고 협박할 것 같았다. 대충 만든 듯한 책자에서 왠지 모를 어두운 에너지가 느껴졌던 것이다. 해만에서 본 원그리스도교정은 앞으로도 자주 보자는 말이나 이전에 교회 다닌 적 있느냐 같은 것을 묻지 않는 곳이었다. 헌금이나 십일조를 하라는 말도 안 하는, 신도들에게 별 간섭을 안 하는 그런 느낌의 교회였는데 내가 받아 온 책자에서는 대체 이런 에너지가 어디서 오는 걸까 싶게 과잉된 힘이 느껴졌다. 고개를 드니 여전히 사람들 맥주를 마시며 사람들 웃고 손뼉을 치며 사람들 다시 맥주잔으로 손을 가져가는 사람들이 보였고 문득 부산역에서 받은 책자 속 원그리스도교정과 해만의 원그리스도교정은 이름만 같을 수도 있어 다른 종교일지도 몰라 하고 말하는 목소리가 들렸다.

우석은 아직 남은 몇 개의 별을 설명해 주었고 그렇게 가다 보니 마지막은 다시 숙소였다. 왜 숙소지? 궁금해하다 서나는 여기서 작별 인사를 했나 생각했다. 우석은 서나가 말도 없이 숙소를 떠났다고 했다. 그 전날 같이 바다에 갔다가 숙소로 데려다준 게 마지막이었다는 말을 했는데 그 말을 했을 때 아르바이트생이 짬뽕을 가져다주었고 나는 너 그래서 문 앞에서 키스했지? 하고 놀리듯 다짜고짜 물었고 우석은 짬뽕을 받으며 아니야 아니야 얼굴이 벌게진 채로 아니라고 말했다. 아니야.

우리는 술집 안 다른 사람들처럼 처음부터 나갈 때까지 그러니까 처음부터 끝까지 웃고 떠들고 맥주를 마시며 주문을 하고 화장실에 가서 뜨거운 얼굴을 감싸다 찬물로 세수를 하고 다시 웃으며 나오고 서로 놀리고 떠들었다. 나는 노트에 원그리스도교정의 젊은 목사와 함께 간 곳은 동그라미 표시를 했고 술 마시다 토한 곳에는 X 표시를 했고 언제나 책을 읽고 있던 숙소 직원이 자신의 어머니 이야기를 했던 바닷가는 잠깐 생각하다 그대로 두었다.

"근데 사실."

"야 너 얼굴 완전 빨개."

"알어."

"근데 뭐?"

"나 그 사람 본 적 없어. 그냥 그런 사람이 지나다니는 걸

보긴 했는데 나중에 잡힌 사진 보니까 다른 사람이었어."

"같은 사람일 수도 있지."

"아닐걸?"

우석은 붉어진 얼굴을 차가운 맥주잔에 댔다. 나는 쓰다듬듯이 우석의 머리를 툭툭 손바닥으로 댔다 뗐다. 이런 건 쓰다듬는다고 해야 할까 쳤다고 해야 할까 만졌다고 해야 할까. 생각해 보면 내가 해만에 가게 된 계기는 아버지를 살해한 존속 살인범이 해만에 숨어들었는데 수사가 해만까지 뻗치지 않아 검거가 늦어졌다는 기사를 본 이후였다. 그 사람은 거기서 뭘 했을까 생각하다 보도된 기사들을 하나씩 찾아보았다. 그것 때문에 도서관에 간 적도 몇 번 있었다. 아버지를 살해한 20대 남성은 어릴 때부터 아버지로부터 학대를 받아 왔으며 나이 터울이 꽤 나는 그의 형은 일찍 집을 떠난 탓인지 이유는 정확히 알 수 없지만 아버지로부터 학대를 받지 않았다고 한다. 아버지로부터 학대를 받았던 사람은 그와 그의 어머니였으며 그의 형은 단정한 얼굴을 한 사람이었는데 아버지의 학대를 감안하여 동생의 형을 낮춰 달라고 인터뷰하고 있었으며 읽고 또 읽었던 기사들을 떠올리고 헤집어 보아도 그에게 여동생은 없었다. 서나라는 바람 부는 소리 같은 이름을 가진 여자애는 왜 그런 이유를 대고 해만에 온 걸까 생각해 보았지만 여전히 알 수가 없었다. 하지만 시간은 많고도 많으니 맥주잔을 비우고 또 비우다 보면 알 수 있을지도 모르지 생각하며 화장실로 가 토했다.

우리는 웃으며 조금 비틀거리며 술집을 나왔는데 내가 묵는 숙소는 여기서 10분만 걸으면 되니까 돌아가기 아주 쉬웠지. 우석은 취한 얼굴로 술집 앞 카페로 가 아이스아메리카노 두 잔을 사서 내게 하나를 건넸고 차가운 커피를 마시다 보니 정신이 들 것도 같았지만 우리는 여전히 웃으며 조금 비틀거렸다. 나랑 서나랑 너랑 그리고 또 누가 있지? 숙소에 있는 내 친구? 아니면 젊은 목사? 아니면 너 친구 아무나 그렇게 넷이서 살면 좋지 않을까? 우리는 하루 종일 피곤하게 일을 하거나 돈을 벌거나 그렇게 살다가 밤에 집으로 돌아와 넷이서 꼭 껴안고 사는 거야. 다른 거는 안 해. 껴안는 거만 하고 그렇게 껴안고 자는 거. 그러면 다음 날도 행복해지고 우리는 힘들지 않을 거야 계속계속. 우리는 부족한 것이 없을 거야. 계속계속 아주 오래 행복할 거야. 우석은 얼음이 든 플라스틱 컵을 흔들며 말했다. 아 좋겠다 하고 무릎을 꿇고 벽에 기댔다. 우석이 일어날 때까지 가만히 서 있었는데 바람이 불어서 머리가 얼굴을 자꾸만 가려서 손으로 머리를 넘겨야 했다.

우석과 나는 비틀거리며 내가 묵는 숙소까지 왔고 우석은 내게 손을 흔들며 잘 자, 했다. 내가 묵는 방 앞에서 카드키를 찾느라 핸드백 안을 5분이 넘게 뒤졌고 겨우 문을 열고 들어와 침대 위로 쓰러졌다. 새벽에 화장을 지우려 일어나 텔레비전을 켰고 씻고 나오니 화면에서는 3년 전 히트한 드라마가 방송되고 있었다. 핸드백 안에는 여전히 우리가 하루 종일 들여다본 내 노트가 있었고 나는 노트를 펴 나와 우석이 그린 선 위에 손가락을 올려놓았다. 해만에 있을 때 숙소에 앉아 창밖을 바라보면 천천히 나 자신이 멀어지는 것이 느껴졌다. 그 느낌이 들 때면 비로소 멀리서 내가 보였다. 그때 나는 누군가를 굉장히 좋아했지 그 사람을 아주 오랫동안 좋아했지, 같은 잊어버린 감정들이 멀리서 찾아오기도 했다. 내가 해만의 지도를 그리게 된 계기는 해만에 가겠다고 한 사촌 동생 때문이었는데 그 동생은 결국엔 행선지를 바꿨고 해만에는 가지 않았다. 어째서일까?

지도 위에는 몇 가지 표시가 보였는데 누굴 만나고 어디서 무얼 했는지를 나타내는 것이었다. 고민을 하다 표시하지 못한 것들이 더 많은데 그중 하나는 책 읽는 남자가 자기 어머니 이야기를 한 바닷가 벤치며 또 다른 하나는…… 생각하다 눈이 감겨 노트를 덮고 옷을 벗어 던지고 잠이 들었다. 한 번도 깨지 않고 잠을 잤는데 꿈에서 서나라는 애가 나와 우리는 함께 잠을 자기로 한 사이예요 넷이서 껴안고 자기로 한 사이예요 하고 웃으며 말했다. 우석은 보이지 않았는데 꿈에서 나는 서나를 보며 왠지 아는 얼굴 같아 생각했다. 그리고 꿈은 사라졌고 나는 다음 날 느지막이 눈을 뜰 때까지 계속 잠을 잤다.

안나의 테이블

조카가 일곱 살이 되면 읽어 주려고 수수께끼를 만들기 시작했다. 이것은 그중 하나.

지난 토요일 안나와 나는 영화를 보러 갔다. 안나는 6년 전 내가 쓴 소설의 모티프가 된 인물로 주위 사람들이 차례로 모두 죽고 난 후 혼자서 살고 있는 친구다. 안나가 소설의 모티프가 된 데에는 일가친척이 차례로 죽었다는 비극성에 있지만 아마 내가 다시 안나를 주인공으로 소설을 쓰게 된다면 백치미와 불안감을 온몸으로 풍기지만 정작 본인은 평안하기만 한 인물이 등장하는 소설을 쓸 것이다. 실제의 안나처럼. 이렇게 쓰고 보니 이건 너무 전형적인 여자 주인공이네라는 생각이 들어 관둬, 안 써 하는 기분이 되었다. 나는 안나에 대해서라면 늘 '꼭 그런 것만은 아니야.'라고 말하고 싶어졌는데 무슨 말이냐면 그러니까 안나는 그다지 전형적인 인물이 아니라니까.

그때 내가 쓴 소설에는 안나라는 여자애가 아닌 모두가 죽고 난 후 혼자 남은 남자애와 그 애와 이름이 같은 개와 그 둘의 친구인 여자애가 나온다. 남자애와 개 그리고 그 둘을 지켜보는 여자애 이야기다. 안나는 내 앞이니 그렇게 말한 건지 아니면 실제로 좋았던 건지 알 수 없지만 내 소설이 좋다고 했다. 이거 재밌어, 정말 좋아 하고 말해 줬다. 개와 사람의 이름이 같은 게 좋고 다들 자주 걸어 다니는 것도 좋고. 자세하게 말해 줬다. 안나가 좋으면 나도 좋았고 그것으로 좋았다. 그 소설은 여기저기 응모해 보았지만 다 떨어져 지금은 나로서도 내가 그걸 썼나? 썼겠지 아마? 싶은 소설이 되었지만 그때 안나가 좋다고 했으니까 그것으로 만족스러웠다. 나는 그 소설을 쓰는 내내 안나를 생각하며 용기를 내었는데 그렇다면 다른 사람의 눈에 들지 않아도 아니 들지 않아서 좋은 거 아닌가 싶다. 안나를 위해 썼고 안나만이 읽고 인정했다. 뭐 그런 걸 썼다.

나는 안나를 기다리며 공원에 앉아……, 앉아 있었다. 앉아 있기만 했다. 주머니엔 만 원짜리 두 장과 집 열쇠밖에 없었다. 책도 지갑도 가방 연필 볼펜 노트 아무것도 없다. 팔짱을 끼고 앉아서 기다리는 것만 했다. 이제 가을이었고 바람은 선선했다. 잠시 후 안나가 손에 흰 종이를 들고 걸어오고 있는 게 보였다.

"가자, 가자."

흰 종이는 극장의 약도였는데 우리 둘 다 처음 가 본 극장이라 안나가 약도를 뽑아 온 것이었다. 극장도 처음 이 동네도 처음이었다. 나는 안나가 새로 개봉하는 영화의 시사회에 당첨이 되었다고 해 그냥 따라나선 것이었다. 안나도 뭐 별생각 없이 응모했겠지. 하지만 무엇이든 좋았다. 우리는 시간이 많고 작은 것 하나라도 시작하게 되면 자꾸 신이 나 점점 즐거워진다. 그렇다면 우리는 영화를 보다가 그 작은 것을 시작하게 될지도 몰랐다. 그렇지? 그럴지도 몰랐다 정말. 영화를 보다 1년 전의 즐거운 일을 생각한다거나 그러다 5년 후의 괴로움을 떠올리지만 다음 해 여름이 되면 다시 잘 놀 거라고 생각한다거나 그러다 갑자기 웃기 시작한다거나 매일 누군가를 비난하는 사람을 비난하며 통쾌해한다거나 먹고 싶은 빵을 생각한다거나 많은 할 수 있는 일들이 있었다. 아직 그게 무엇인지 짐작도 할 수 없었지만 말이다. 우리는 종이를 펄럭이며 길을 걷다 멈춰 위치를 확인하고 다시 걷는다. 이런 곳에 극장이 있나? 불안해하며 걸었다. 볼트와 너트를 파는 작은 가게들이 이어진 길을 걷다 여기다! 하고 안나가 소리를 질렀다.

극장으로 들어가 이름과 핸드폰 번호를 확인받고 안으로 들어갔다. 극장 안의 의자는 모두 새거. 부드러운 붉은 천으로 된 의자들이었다. 앉으니 의외로 딱딱했다. 우리는 가만히 앉아 영화가 시작되기를 기다렸다. 영화의 제목은 뭐였더라 그때까지도 모르고 있었지만 묻지 않았다. 객석에는 우리 말고도 세 명이 더 있었는데 모두 각자 온 사람들이었다. 고개를 돌려 극장 안을 기웃거려도 붉은 천으로 된 의자들만이 보이고 사람들은 세 명이 멀리 떨어져 한 자리씩 차지하고 있었다. 영화는 언제 시작될까. 안나에게 있지, 하고 무슨 말인가 하려고 하는데 영화가 시작되었다.

영화는 흐릿한 흰 화면으로 시작되었다. 이게 극장에서 개봉하는 영화인가 마치 흰 막을 걸어 놓고 OHP 기계로 쏘는 느낌인데? 생각할 때 나비 떼가 화면 저편에서 객석으로 날아들었다. 기억나는 게 우선 무언가 화면을 툭툭 치는 소리가 나다가 나비들이 막을 뚫고 나오는 느낌으로 날아왔다. 나비들은 빨랐다. 이게 뭐지? 생각하고 있을 때 이미 객석 끝으로 날아가 버렸다. 나비가 날아가 다시 텅 비게 된 화면에는 "이 나비는 자신이 머리핀이라고 생각하는 나비들입니다."라고 쓰인 자막이 보였다. 그렇게 날아간 나비들은 멀리 혼자 앉아 있는 여자의 머리에 차례차례 옹기종기 질서 있게 앉았다. 나비들은 움직이지도 않고 제자리에서 꼿꼿하게 있었다. 서 있었다고 해야 할까 앉아 있었다고 해야 할까. 여자는 멀리서 날아오는 나비를 보자마자 만화처럼 정말로 끼아악 하는 소리를 질렀다. 그리고 나비를 쫓으려고 했는데 그 나비들은 곧 머리핀처럼 머리에 꽂혀 움직이지 않았다. 손을 흔든다고 날아가 버리지 않았다. 조금도 움직이지 않고 그 자리에 그대로 있는 나비들에게는 이대로 이 자리에 있을 것이라는 의지가 보였다. 멀리서 보니 무슨 왕관 같네. 그런 생각을 하다 옆을 보니 안나는 웃고 있었다. 아니 웃음을 참으려고 하는데 참아지지가 않아 고개를 숙이고 웃고 있었다. 어깨를 들썩이며 떨면서 웃고 있었다. 웃는 안나에게 무슨 말을 해야 하나 뭔가…… 대체 왜 웃음이 나는 거지 하는 생각이 들어 다시 나비 왕관을 쓰고 있는 것 같은 여자를 보다 안나를 보다 했다. 그러다 보니 나도 왠지 웃음이 나와 웃었다. 고개를 숙이고 쿡쿡 웃었다. 그렇지? 왠지 웃기다니까. 안나는 눈물을 흘리며 말했다. 한참을 웃다 고개를 돌리니 새하얗게 질린 여자는 덜덜 떨고 있었고 멀리서 앉아 있던 젊은 남자가 여자에게 다가가 나비를 한 마리 한 마리 떼어 주고 있었다. 바닥에 떨어진 나비들은 머리핀처럼 움직이지 않은 채로 가만히 있을 줄 알았는데 참아도 잘 안 되는지 날개를 조금씩 움직였다. 그런가 하면 화면에서는 내셔널 지오그래픽 느낌의 다큐멘터리가 흘러나오고 있었다. 여러분이 보시는 아프리카 나비의 생태는 계절마다 다른 모습을 보여 줍니다. 특히 아프리카 나비는 아시아의 나비와 다르게…… 이런 거. 흘러나오고 있었다. 여자는 화면 속 나비를 보고 다시 소리를 지르고 밖으로 뛰쳐나가려고 문으로 뛰어갔지만 문은 열리지 않았다. 여자는 소리를 지르고 문을 열려고 손잡이를 잡고 흔들었지만 열리지 않았다. 아무도 안 계세요! 열어 주세요! 반복했지만 문은 잠긴 채로 열리지 않았다. 여자는 갇힌 걸까. 그렇다면 우리도 갇힌 것이겠지만 왠지 다급한 사람은 여자 혼자인 느낌이었다. 여자는 문 앞에 서서 안절부절못하고 불안해하다 머리를 풀고 마구 긁다 울 것 같은 표정으로 문과 가장 가까운 자리로 가 다시 앉았다.

이건 나비에 대한 영화일까? 나비, 하면 나도 생각나는 게 있다. 내 몸에 나비가 있어. 보여 줄 수는 없지만. 보여 주어도 보고 싶지 않아 모두 그렇게 말할 테지만 나비가 있다니까. 그 당시 내가 좋아하던 애가 자기가 제일 좋아하는 영화라고 무슨 영화인가를 말해 주었다. 그때 그 애와 나는 그 영화에 나왔던 배우 이야기를 하고 있었다. 나는 그 배우가 나온 영화는 거의 다 봤는데도 그 영화만은 아직이었다. 그 애는 바로 그 영화를 좋아한다고 했다. 영화 제목이 길어 몇 번이나 다시 물었던 기억이 난다. 영화는 나중에 찾아보았는데 꽤 매력 있는 영화여서 그 애가 더 좋아졌지. 그때 강렬했던 것이 영화 속에서 주인공 소녀가 새로운 사람으로 다시 나아가기 위해 혹은 결심을 굳히기 위해 가슴에 나비 문신을 한다. 그 애 때문에 보기는 했지만 영화가 꽤 재미있었고 아 나도 무언가 새로운 사람 강하고 아름다운 사람이 되고 싶다는 강렬한 열망에 휩싸여 나비를 새겼다. 나비는 가슴 한가운데에 있다. 지금도 나비를 생각하면 좋다. 무언가 다른 것이 내 몸에 있다는 생각이 들어 덜 무서워진다. 사실 늘 뭔가가 무섭잖아. 덜 무섭다는 감정이 들었다는 것도 먼저 뭔가 무서워졌기 때문이지, 그런데 무얼 무서워하나 그건 늘 모른다. 알 수가 없다. 그게 더 무섭지? 그렇지? 그렇게 무서워지면 다시 아 나비가 가슴에 있다 내 가슴 한가운데에 그렇게 생각한다.

사실 그 영화 한 편 때문에 나비를 새긴 것은 아니고 영화를 보고 며칠 지나지 않은 어느 날 해만이라는 바닷가에 갔었다. 그때 머물던 숙소 옥상 빨래를 널고 하늘을 보던 옥상 가끔 투숙객들이 모여 고기를 구워 먹던 옥상에 나비가 빨래집게처럼 빨랫줄에 있었다. 꼭 방금 전 여자의 머리 위에 있던 것처럼, 서 있다고 해야 할지 매달려 있다고 해야 할지 앉았다고 해야 할지 꽂혀 있다고 해야 할지 설명이 어려운 움직임이었다. 여름 한낮, 어지럽다고 느끼면서도 내려가지 못하고 어지러워하는 채로 하늘을 보다 나비들을 보다 영화 속 나비를 떠올리다 오후가 될 때까지 그렇게 있었다. 그리고 새겼다 나비를.

　그런데 나비들은 그대로 극장 바닥에 누운 채로 움직이지 않으려 하지만 어쩔 수 없이 헐떡이며 있나? 궁금해져 고개를 돌리자 나비 떼들이 다시 후드득 날아 화면 속으로 들어갔다. 나비들은 머리핀이 되지 못했다. 뭐야, 세상에 날아다니는 머리핀 같은 건 없어. 그걸 아는지 모르는지 나비들은 부끄러워하지 않고 곧장 날아가 버렸다. 이제 안나는 웃다 지쳐 팔걸이에 몸을 기댄 채로 눈만은 빛내며 화면을 보고 있었다. 내가 툭 치자 스르륵 쓰러지는 흉내를 내 주었다. 영화는 다시 내셔널지오그래픽으로 돌아가 성우는 설명을 시작했다. 세계 지도가 보였고 화면은 세계 지도에서 천천히 미국으로 움직였다. 알래스카의 회색 곰을 좋아하여 매해 알래스카에 가는 사람의 인터뷰가 나왔다. 활짝 웃고 있는 남자는 회색 등산복을 입고 있었고 아무 말을 안 할 때에도 왠지 소란스러운 느낌을 주는 사람이었다. 그 사람은 곰들에게 이름을 하나씩 붙여 주고 있다고 했다. 쟤는 뭐고요 쟤는 뭐고 그리고 얘는 제일 착하고 똑똑한 애지요 이름은 뭐. 이름들이 하나같이 귀엽다고 생각할 때 멀리서 웅크리고 있던 곰 한 마리가 천천히 화면 밖으로 걸어 나와 나와 안나 앞에 몸을 구부렸다. 이 곰은 스스로가 테이블이라고 생각하는 알래스카 회색 곰입니다, 그런 목소리를 들은 것도 같았다. 스스로를 테이블이라고 생각하는 알래스카 회색 곰이라, 그럼 연어도 다른 물고기도 안 먹는 건가. 그러다 죽어 버리면? 그럴 생각인가 이 곰들은?

"테이블이라지만 지금 좌석에서는 너무 낮잖아?"

"좌식용 테이블인 거지."

안나는 의자에서 일어나 바닥으로 내려가 앉았다. 곰의 배 밑에 다리를 집어넣고 곰의 등에 고개를 묻었다. 곰은 움직이지 않고 있지만 그렇다고 테이블 같아 보이지는 않고 곰은 곰이지. 가만히 등을 보이고 엎드려 있는 곰일 뿐이었다. 고개를 돌려 뒤를 보았다. 나비가 머리에 앉은 것 때문에 소리를 지르던 여자는 보이지 않았다. 곰을 보고 쓰러졌을지도 몰라. 일어나 뒷좌석 쪽으로 걸어가 보았는데 여자는 고개를 숙인 채로 토하고 있었다. 왝왝 토하고 있었지만 여자는 의외로 떨고 있지 않았다. 그보다는 침착하게 토하는 일에 집중하고 있었다. 그러자 근처에 있던 남자가 여자에게로 가 등을 두드려 주었다.

제자리에 돌아와 보니 안나는 곰의 등에 고개를 묻은 채였고 곰도 움직이지 않고 있는 채 그대로였다. 왜 곰이 대체 테이블 같은 게 되고 싶어 하는 걸까? 인간과 함께 살았나 왠지 모든 곰이 부끄러워할 것 같은 곰이네 싶어 자세히 들여다보았다. 곰은 별다를 것 없는 곰 하면 머릿속에 그려지는 그런 곰이었다. 난 자리에 앉아 곰은 그냥

곰이지 곰이 무슨 테이블이야 중얼중얼거렸다. 안나는 미
동도 없이 곰의 등에 그대로 고개를 묻고 있었다. 그런데
이 곰이 보통의 곰이라면 이 곰은 곧 일어나 내 머리는 그
냥 날려 버릴 기세로 앞발을 들어야 하는 거 아닌가 사실
곰은 굉장히 포악하다고 하지? 인간들은 잘 모르는데 앞
발의 힘이 엄청나게 세고 인간들을 습격하는 경우도 있다
고 하지? 그런데 이 곰은 조금도 움직일 것 같지 않아. 그
러니까 그냥 곰이 아니라 좀 남다른 곰인가. 잠시 그런 생
각이 들기도 했지만 나는 대체로 뭔가 못마땅하여 툴툴거
렸다. 이게 뭐야 곰이 곰이지, 하고.

"뭐가 맘에 안 드는 건데요?"

혼자서 앉아 있던 또 다른 여자 한 명이 내 옆으로 와
물었다. 그러니까 나비가 머리 위에 앉았던 여자는 긴 머
리를 묶고 있던 여자고 이 여자는 짧은 머리를 한 채로 앉
아 있던 다른 여자였다. 그런데 이 여자는 어디에 구겨져
앉아 있다 이제 나타난 거지? 여자를 아래위로 훑어봤다.

"그런 거 없는데."

"이 곰이 맘에 안 드는 거잖아요."

"아니 그런 건 아닌데. 그런데 이 곰 아마 서커스에 있었
을 거예요. 이 곰은. 디즈니 만화에 나오는 그런 곰 같아요.
진짜 곰 말고 곰 같은 것."

"음. 금방 판단하시는구나. 그렇다면 나는 어떤 사람 같

은데요?"

나는 여자를 살펴보았다.

"뭐랄까 좀 지루하네요."

"흐응."

안나는 여전히 그 자세 그대로이고 나와 여자는 달리 할 게 없어 화면에 집중했다. 하지만 세상에는 저런 곰이 꽤 많이 있습니다, 하고 성우는 말했고 그때 보이는 화면은 줄지어 등을 구부린 채 엎드려 있는 곰 떼였다. 나는 테이블이 될 거야 혹은 이미 테이블이야라고 말하고 있는 곰의 등이 이어져 있었다. 그 옆으로는 곤란한 표정을 하고 있는 서커스 단장의 얼굴이 보였다. 단장은 자신을 테이블로 생각하는 곰이 늘어나 훈련이 진행되지 않는다는 고충을 털어놓았다. 나는 아직 하고 싶은 게 많은데! 곰은 착하고 영리한데! 대체 왜! 단장은 화면을 향해 호소했다.

"당신 말이 맞네요. 서커스 곰들."

여자는 재밌다는 듯이 말했다. 그리고 일어나 천천히 화면 앞으로 다가갔다. 하얀 화면을 손으로 툭툭 쳤고 그러자 화면 속 서커스 단장이 화면 밖으로 도망치듯 뛰어나왔고 뒤쪽에서는 아까 그 여자가 자꾸 토하는 소리가 들렸고 (쉬지 않고 토하는 거야 그러니까.) 안나는 가만히 있고 그러는 중간에 여자는 손으로 방금 전 뛰어나온 서커스 단장의 얼굴을 후려쳤는데 쩍 소리가 났어 그리고 서커스 단장은 얼굴을 감싸 쥐고 구석으로 가 앉았다.

"이 사람이 뭘 잘못했는데요?"

"아니 뭐 그냥."

여자는 아무렇지 않다는 듯이 말했다. 구석으로 가 얼굴을 만지던 단장은 이제 괜찮아졌는지 일어나 머리를 귀 뒤로 넘겼다. 단장은 천천히 걸어 나와 가운데에 섰다. 화면을 가리는 것은 아예 신경도 쓰지 않는 듯했다. 지금의 서커스 단장은 말하자면 연설하는 자세였는데 태도와 마음이 그래 보였다. 똑바로 서서 두 손을 모으고 있었다. 방금 전 얼굴을 맞았지만 지금은 그다지 신경 쓰고 있지 않아 보였고 먼 곳을 바라보며 더 먼 곳으로 나아가겠다는 표정으로 말을 하기 시작했다.

"에……, 나는 서커스를 하는데 서커스가 나의 직업인데 그렇다면 나는 서커스를 생각하고 어디서나 서커스를 기대하고 희망합니다. 그런데 여기 있는 건 여러분들뿐이잖아요. 여러분하고 곰하고 다시 또 여러분하고. 그렇다면 내가 할 수 있는 생각은 여러분들을 어떤 식으로 단련시키고 그리하여 여러분들은 어떤 연기를 하게 될까 바로 그것입니다. 나는 그런 것들을 생각합니다. 그것이 나의 일이며 나는 그것에 흥미로움을 느끼며 기쁨을 느낍니다. 꽤 진지하게. 많은 곰들은 테이블이 되려 하고 이 극장은 원래 고래였는데 극장이 되고 싶던 고래가 스스로 변해 버린 곳이라고 하는데 아 물론 그것은 할아버지가 해 준 이야기입니다만. 그렇다면 누군가는 다른 누군가가 되어야 하니까. 그런데 나는 여기 서 있고 여러분들은 같은 장소에 바로 여기에 함께 있네요? 신기하지 않습니까. 여러분들은 신기해하고 나는 진지합니다."

뒤를 돌아보자 토하던 여자는 하던 토를 멈추고 손으로 입 주위를 닦고 있었다. 눈은 똑바로 앞을 바라보고 있었다. 여자를 도와주던 남자도 나란히 앉아 같이 앞을 바라보고 있었다. 여자는 의외로 집중력이 좋은 사람인가. 나비가 날아올 때는 있는 힘껏 비명을 지르더니 곰이 나타나자 토하고 또 토하고 쉬지 않고 토하다 누군가 이야기를 시작하자 듣는다. 들어 준다. 앞을 보며 경청한다. 단장은 곰과 여러분들과 언젠가는 날아들 나비들과 영원히 끝나지 않는 동물 프로그램 그 안의 등장 동물들과 모두 함께 서커스를 만들어 보자고 한다. 우리가 무엇을 할 수 있을까요? 묻는다. 한 10초쯤 사람들의 반응을 기다리던 단장은 미소를 띠며 아름다운 것을 할 수 있다고 말한다. 아름다운 것들. 환하고 반짝이는 것들.

"저 여자는 나비가 오면 또 괴로울 텐데요?"

나는 빈정거리며 물었다. 단장은 오 그런가요 그렇다면 그 문제에 대해 생각해 봅시다 했다. 안나는 여전히 곰의 등에 고개를 묻고 있고 옆에 앉은 여자는 좀 전의 안나처럼 고개를 숙이고 어깨를 들썩이며 웃었다. 그러다 숨을 고르고 간신히, 정말 어처구니가 없네 하고 내뱉었다. 여자의 그 말에 여자를 제외한 모든 이들이 우스워졌다. 우스운 존재가 되어 버렸다. 하지만 그러거나 말거나 단장은 이것도 해 보고 저것도 해 봐요 우리는 세계 유일의 복합적이고 높은 단계를 추구하는 서커스단이 될 거예요 자신을 믿고 동료를 믿고 서커스의 세계와 서커스의 신을 믿어요 마치 준비한 듯이 말했다. 눈이 확신에 가득 차 있어서 오히려 믿을 수 없는 기분이 되었다. 나는 아래로 내려가 안나의 어깨를 흔들었다. 그러자 꿈쩍도 하지 않을 것 같던 안나가 스르륵 일어났다. 나는 안나의 손을 끌었다. 우리는 짐을 챙겨 나왔다. 누군가 뒤에서 저…… 저 저기 하고 말했으나 나는 왠지 조금 무섭고 다른 누군가는 되고 싶지 않고 무엇보다 대체로 지겨워져 일어났다. 문은 손잡이 아래에 달린 잠금장치를 돌리자 아주 쉽게 열렸다. 나와 안나는 손을 잡고 잡은 손을 흔들며 나왔다.

영화관에서 멀어지자 우리는 크게 숨을 쉬며 안심한 표정을 했다. 누군가 붙잡을까 봐 무서웠다고 정말. 그리고 천천히 집으로 돌아왔다. 내 집으로. 내 집 안나가 자주 놀러오고 나는 매일 잠을 자는 집 더럽고 편안한 집으로 왔다. 외출을 하여 피곤하였기 때문에 나와 안나는 드러

누워 낮잠을 잤다. 꿈은 꾸지 않았고 잠은 너무 좋았다. 질이 좋은 수면이었다. 일어나서도 개운하였다.

눈을 떠 보니 안나는 벽에 등을 기댄 채 가만히 있었다. 뭐 해? 물으니 꿈을 꿨어 했다. 무슨 꿈? 하니 곰이 되는 꿈 했다. 음, 곰이 되는 꿈이라. 안나는 고개도 돌리지 않고 앞만 바라보고 있고 나는 누운 채로 그건 어떤 꿈일까 생각했다.

그러다 일어나 안나 앞으로 가 앉았다. 우리는 똑바로 무릎을 꿇고 앉아 마주 보았다. 티셔츠를 벗고 서로의 가슴을 만지며 무표정으로 서로를 보았다.

"꿈 이야기 더 해 봐."

"그게 단데."

"더 있을 거 아냐. 더 해 봐."

한참을 만져도 안나는 이전처럼 웃지 않았다. 누가 먼저 웃는가? 이건 지금까지는 중요한 문제가 아니었다. 늘 안나가 먼저 웃으니까. 당연한 이야기였다. 크게 웃기지 않아도 먼저 웃었고 그러면 나도 표정을 풀고 웃고 그러면 우리는 다시 껴안고 뒹굴뒹굴한다. 결국에 안나가 먼저 푸홋 하고 웃고 아아 못 참겠어 하고 자꾸 웃고 하는 건 중요했다. 이제 보니 그랬다. 안나가 웃지 않자 나는 무엇을 해야 해? 알 수 없어져서 안나의 가슴에 손을 얹은 채 자꾸 꿈 이야기나 시켰다. 곰이 되는 꿈 이야기 그거 뭔데 해 봐 왜 말

안 하는데 왜, 못 하는 이야기야? 바보 같은 말만 했다.

"곰이 되는 이야기. 곰이 되는 거야. 그냥 곰이 아니라 자신이 테이블이라고 믿는 곰이 되는 거다. 그게 꿈이었어. 아까 본 그 곰 같은 거야. 그런 곰이 되는 거야 내가. 이제 됐어?"

안나는 벌떡 일어나더니 들어 보니 정말로 별거 아닌 꿈 이야기를 했다. 조금 차갑게 말했다. 어색해진 나는 티셔츠를 입고 일어나 안나를 간질였고 안나는 웃으려다 말았으나 결국에는 웃었다. 왠지 억지로 웃어 준 것도 같았지만 그제야 맘이 좀 편해졌다. 나는 다시 침대에 드러누워 자야지 다시 질 좋은 수면으로 돌아가야지 하고 생각했다. 자야지 자야지 하고 혼잣말도 했다. 그리고 다시 잤다. 이번의 꿈에서도 여전히 아무 꿈도 꾸지 않았다.

저녁이 되어서야 눈이 떠졌다. 이렇게 실컷 잤으니 이제 맑은 정신이 되어 한동안 무엇이든 할 수 있을 것 같은 기분이 될 거야. 밤 산책도 하고 공부도 하고 책도 읽고 이야기도 재미있게 하고 다 잘한다. 그런 기분으로 일어났다. 그런데, 어딨어 안나는? 안나는 침대 밑에 있었다. 거미 자세였다. 내 기억이 맞다면 요가 동작에서 거미 자세라고 부르는 그 자세였다. 누운 채로 팔의 힘과 유연성으로 몸을 끌어 올리는 것이었다. 몸이 둥글게 휘었어, 유연하다 정말.

나는 무릎으로 안나의 허리를 지탱한 채로 손으로 안나의 허리를 간질였다. 안나는 꿈쩍도 안 했다. 떨지도 않았고 움직이지도 않았어. 대신 말을 했다.

"나는 테이블이야. 테이블이 된 곰을 보고 그 테이블에 고개를 묻고 이제 꿈까지 꾸어 버렸으니 나도 테이블이 되어 버렸어."

나는 오늘 본 곰은 등을 위로 한 채로 구부렸다고 말했고 안나는 뒤집든 뒤집지 않든 테이블인 것은 변함이 없다고 했다. 그 말을 하면서도 조금밖에 떨지 않았다. 거의 떨지 않았어.

"나는 네가 재미있어서 좋아. 그거 알지?"

나는 다시 한번 안나의 의외성에 감탄하며 말했지만 안나는 아무 대답이 없었다. 침대에 앉아, 영화를 끝까지 볼걸 그랬나 잠시 후회했다. 영화를 끝까지 보면 우리가 어디까지 갈 수 있는지 알게 될지도 몰랐다. 머리핀으로 나아가는 나비와 테이블이 되려고 하는 곰들, 화면 속 인물을 화면 밖으로 끌어내는 여자가 있고 그걸 보는 잘 토하는 여자와 잘 도와주는 남자 그 앞의 나와 안나는 아무것도 하지 않고 보고 웃기만 했던 사람. 그런데 우리들은 결국에 어디까지 갔을까? 아주 멀리 갈 수 있었을까? 극장 안에 있었다면 엉겁결에 서커스단도 만들고 그 서커스단의 단원이 되어 버리고 연습을 하고 영화관의 화면 속으로 걸어 들어가 알래스카에 가게 되었을까? 그곳에서 테이블이 된 곰들의 자리를 대신했을까? 우리는 어디에 닿았을까? 거기는 고개를 들어 주위를 살피면 결국 그리 먼 곳이 아니었을 수도 있지만. 그래도 어딘가겠지 그곳은. 여기가 아니라 어딘가.*

"괜찮아?"

안나는 거미 자세를 유지한 채 움직이지 않고 있다. 몇 번이나 괜찮냐고 물었지만 안나는 움직이지도 말을 하지도 않았다. 걱정이 되어 안나의 허리를 잡고 침대에 내려놓으려고 했지만 조금도 움직이려 하지 않았다. 밀치듯 힘을 줘 침대에 던지려 했는데도 자세를 바꾸지 않아 안나는 거미 자세를 한 채로 침대로 떨어지고 말았다. 침대에 떨어져서도 움직이지 않았다. 숨을 쉬기는 쉬는 걸까? 안나를 내려다보았다. 고개를 젖히고 있어 이상한 기분이 들었다. 배만이 똑바로 옆으로 누워 있고 모두 뒤로 젖혀졌다. 문득 생각해 보니 나는 이전에도 안나가 움직이지 않고 가만히 있었던 것을 본 적이 있다. 고개를 들지 않고 가만히 있었을 때가 있었다. 테이블에 고개를 묻고 가만히 있기만 하는 것이다. 그때부터 안나는 테이블이 될지도 몰랐던 것일까? 그런가 하면 아무것도 하지 않고 침대에 가만히 누

---

* 해당 문단은 김승일의 시 「조합원」에 영향을 받아 쓴 것임을 밝힙니다.

위 있기만 하던 때도 있었는데 그렇다고 앞으로 침대가 될 건 아니잖아? 다 말도 안 되는 소리. 지금이 유일하고 유별나게 이상하고 이상하다.

이상하다 이상하다를 반복하고 괜찮아? 정말 괜찮아?를 반복하고 잠깐 울다가 물을 마시고 세수를 하고 혼잣말을 주절주절 아무거나 생각나는 대로 말하고 이렇게 혼잣말이나 하고 있는 자신과 옆에 있음에도 옆에 있는 것 같지 않은 안나 우리 둘 모두가 갑자기 안타까워져 대성통곡을 하고 그리고 다시 이상해 이상해를 말하고 그 모든 것을 반복했다. 피곤했는지 그러다 잠이 들었다. 안나가 걱정이 된 건 사실이었지만 잠은 왔고 한편으로는 자고 나면 뭔가가 짠! 하고 바뀌기를 기대하는 마음도 있었다. 이번에는 꿈을 꾸었는데 꿈에서 나는 극장에 가고 팝콘을 사고 팝콘을 상영관에 입장하기도 전에 먹어 버리고 매표소 앞에 있는 아이스크림 가게에서 아이스크림도 먹고 그리고는 영화도 보지 않고 나와 서점에서 책을 구경하고 옷가게에서 옷도 구경했다. 아주 평화로운 날이었다. 한가하고 웃음이 나오는 날이었다. 분명 그런 날이었음에도 꿈의 끝 무렵에서는 왠지 불안한 마음이 들었다. 네가 아이스크림도 먹고 잡지도 보고 옷 구경도 하고 지금 꽤 즐겁지만 뭔가 잊고 있는 게 있지! 아 그렇다. 잊고 있는 게, 아주 중요하고 알게 되면 울고 싶을 것이 뻔한 어떤 사실이 있지! 하는 작은 목소리가 들렸다. 그 불안함이 점점 커져 눈이 떠졌다. 안나는 여전히 거미 자세를 한 채로 침대에 있었다. 눈은 감고 있어서 어제보다는 덜 무서웠다. 마치 아무렇게나 갖고 놀다 내버려 둔 인형 같기도 해. 목을 젖히고 팔도 뽑아 버리고 다리는 무릎 꿇게 하고 머리카락은 진작 잘라 버린 그런 인형 말이지. 나는 왠지 어제보다 더 가볍게 느껴지는 안나를 들어 바닥에 놓았다. 어제의 위치에, 어제 안나가 바닥을 짚었던 그 자리에 놓았다. 안나는 침대에 있을 때보다 덜 무섭고 조금은 자연스러운 느낌이었다. 침대에 앉아 안나를 한참 동안이나 바라보다가 혹시나 하는 마음에 간질여 보기도 했다. 주물러 주기도 했고 다시 성심껏 간질여 보았다. 나는 시간이 아주 빠르게 지났으면 좋겠다고 생각했다. 그러면 뭔가 달라져 있겠지. 지금 같은 불안하고 슬프고 답답한 날이 아니라 방금 전 꿈처럼 한가하고 평화롭고 무얼 먹지 무얼 보지 생각하며 헐렁헐렁 걸어 다니는 날들이 먼 미래에는 있을 것이다. 얼른 그날이 왔으면 좋겠다는 마음으로 시간아 얼른 가 하고 바랐다.

나는 이렇게 이전과 다름없이 있는데 그때 그 서커스 단장은 서커스를 계속하고 있을까? 그 서커스단은 말한 대로 복합적이고 아름답고 더 높은 단계의 서커스를 보여 주고 있을까? 그리고 단장은 나비를 보고 소리를 지르던 여자가 나비를 좋아하게 만들었을까? 그럼 이제 그 여자는 나비를 봐도 곰을 봐도 토하지 않게 되었을까? 그때 나는 테이블 같은 게 되려고 하는 곰이 못마땅해 비웃고 싶기만 했다. 무엇이 되려고 하는 것들을 보는 건 지겨웠다. 어떤 면에서 그건 좀 위협적이어서 나는 할 수 있는 한 더 비웃고 싶었다. 나는 그 때문인가 여전히 사람이기만 한데 안나는 점차 테이블다워지고 있다. 지금의 이 글도 안나의 배 위에서 쓰는 것이다. 안나의 배 위씩이나 되는 곳에서 쓰는 글이니 왠지 좋은 글이 아니면 안 될 것 같아. 억지로 좋다 좋다 생각하며 쓰고 있다. 좋지 않을 리가 없다 뭐 그런 식으로 말이다.

안나는 하루가 다르게 테이블이 되어 갔고 이제는 완전히 나무로 된 테이블이 되어 의식하지 않으면 책을 올려놓는 이곳이 안나의 배라는 생각은 잘 들지 않는다. 요즘은 그저 테이블이네라고 생각한다. 그러고 보면 안나는 6년 전 내가 쓴 소설의 모티프가 된 인물로 주위 사람들이 모두 죽어 혼자 살게 되었던 친구다. 안나가 소설의 모티프가 된 데에는 일가친척이 차례로 죽었다는 비극성에 있었지만 내가 다시 안나에 대해 뭔가를 쓴다면 이제는 글쎄 아무것도 딱히 할 말이 없었다. 내 방 침대 옆에는 테이블이 있고 이 테이블 위에 한자 공책을 올려놓고 연필로 뭔가를 쓰면 좋은 기분이 든다. 딱딱한 책상 위에서 사각사각 연필이 이렇게 움직이는 기분이란 정말 좋다. 이 테이블은 밤색이라고 말할 수 있는데 자세히 보면 나무의 결이 보이고 좌식용 테이블인데 이 테이블 밑에 다리를 집어넣고 고개를 숙이면 낮잠이 잘 온다. 자다 일어나서도 바로 누우면 되고 여러모로 참 좋았다. 다른 점들을 발견하게 될지는 모르겠지만 아직까지는 이 정도였다. 그런 테이블이었다.

그렇다면 이제 수수께끼다.

하나. 만약 내가 다시 안나를 기억해 내고 안나가 사람으로 돌아왔으면 좋겠다고 바라게 되면 어떨까? 안나는 사람이 될까? 어떻게 다시 사람이 될 수 있을까?

둘. 극장 안의 곰도 결국에는 테이블이 되었을까? 테이블과 몇 명의 사람들로 단장은 어떤 서커스단을 만들려고 한 것일까?

셋. 나는 이제 테이블이 없는 것처럼 살아가 볼까 한다. 침대 위에서 쓰고 바닥에서 쓰고 그러면 안나는 테이블이 별 볼일 없는 것이라고 생각하게 될까? 그래서 침대가 되려고 할까? 아니면 사람이 되려고 할까? 아무 일도 일어나지 않을까?

모두 다 함께 이야기해서, 무엇이 무엇인지 말해 주면 좋겠다. 조카는 이미 답을 알고 있거나 일곱 살을 일곱 번 살아도 알지 못할 것이다. 하지만 어쨌거나 답은 많을수록 좋은 것이지? 그렇다고 대답하고 이제 하나부터 무얼까 생각해 볼 시간이다.

발이 달린 소설을 생각하며 좋다고 느끼는 사람의 이야기: 박솔뫼론

손정수(문학평론가)

1

2014년 2월 처음 출간된 자신의 첫 소설집 『그럼 무얼 부르지』에 앞서, 박솔뫼는 『을』(자음과모음, 2010)과 『백 행을 쓰고 싶다』(문학과지성사, 2013) 등 책으로 출간된 두 편과 「도시의 시간」(《세계의문학》, 2011년 겨울호) 등 세 편의 장편을 발표했고, 그 책에 실린 일곱 편을 포함하여 그때까지 모두 열두 편의 단편을 선보였다.[1]

---

[1] 「도시의 시간」은 이후 2014년 민음사에서 단행본으로 출간되었다. 『그럼 무얼 부르지』에 묶이지 않은 단편 발표작은 「너무의 극장」(《문학과사회》, 2011년 겨울호), 「부산에 가면 만나게 될 거야」(《문학들》, 2012년 봄호), 「우리는 매일 오후에」(《현대문학》, 2012년 8월호), 「밥 짓는 이야기」(『헬로, 미스터 디킨즈』(이음, 2012)), 「겨울의 눈빛」(《창작과비평》, 2013년 여름호) 등인데, 「밥 짓는 이야기」를 제외한 네 편은 이후 『겨울의 눈빛』(문

그 소설들은 전통적인 형식에서 벗어나 있었고 의식의 현재 상태를 즉자적으로 노출하는 듯 보이기도 해서 대중적이라고 말하기는 어려운 것이었다. 그럼에도 그의 소설은 일부 독자들의 관심과 반응의 대상이 되었는데, 그것은 거기에 내장된 문제성이 그만큼 강렬했기 때문이었던 듯싶었다. 그 문제성은 기존의 소설적 규범에 맞선다는 도전 의식에서 왔다기보다, 신인임에도 규범에 대한 의식에 구애되지 않고 자신의 이야기를 자신 있게 펼쳐 보일 수 있었던 과감함에서 비롯된 것으로 보였다. 작가는 그 무렵의 한 좌담에서 "거칠고 예쁘지 않으며 분명히 부족하고 흠이 많지만 나름의 힘과 아름다움을 가진 것들을 좋아하는"[2] 자신의 성향에 대해 이야기한 바 있었는데, 그런 성향이 그의 소설에도 자연스럽게 투영되어 있는 듯했다.

그렇기 때문에 그의 소설들은 정련된 면모를 갖추지 않은 비정형의 성격을 가지고 있었는데 비평적 반응은 인상적이기는 하지만 복잡한 설명을 요구하는 형식보다는 주로 소설 속 인물이나 사건의 의미를 징후적으로 읽어 내는, 다분히 해석자의 의지를 투영하는 독해로 기울어지는 경향을 띠었다. 그것들은 주로 새로운 세대의 삶과 의식 및

학과지성사, 2017)에 수록되었다.

2 고봉준 외, 「2010년 장편공모 수상작가들과 함께(좌담)」, 《문장웹진》, 2010년 10월호.

현실에 대한 태도를 해명하고자 하는 관점에서 '무위'의 성향을 보여 주는 인물들의 성격이나 '광주'나 '원전'과 같은 사회적 문제에 대한 태도 등을 박솔뫼 소설의 특징적인 요소로 선택했다. 그렇지만 제라르 주네트가 이야기하고 있듯, 문학성의 판단에는 주제적(thematic) 기준과 더불어 수사적(rhematic) 기준이 함께 작용한다.[3] 말하자면 박솔뫼 소설의 전언이 발휘하는 새로움은 그의 소설 특유의, 문어체와 구어체가 패턴 없이 뒤섞인 것처럼 보이는 서술 스타일과 같은 형식적 새로움과 맞붙어 있는 다른 면인 것이다.

이와 같은 문제의식을 출발점으로 하여 시작된 이 글은 『그럼 무얼 부르지』에 수록된 소설들을 중심으로 박솔뫼의 초기 소설 세계의 내적 구조를 추출해 보고 그를 통해 그의 소설들이 갖는 특징과 그 의미에 대해 좀 더 체계화된 고찰을 시도해본 것이다.[4] 그리고 그 이후 『그럼 무얼 부르지』의 새로운 판본이 출간되는 지금에 이르기까지 박솔뫼 소설의 전개 과정과 그 새로운 변화의 양상에 대해서도 개략적으로나마 살펴볼 것이다.

3　Gérard Genette, *Fiction & Diction*, translated by Catherine Porter, Cornell University Press, 1993, pp. vii-viii 참조.

4　이 글의 2장에서 6장까지에 해당되는 이 내용은 『그럼 무얼 부르지』의 초판(자음과모음, 2014)에 수록된 해설로부터 가져오되, 몇 가지 문제의 경우 그 이후 더 진행된 상황에 대한 서술을 덧붙였다.

2

『그럼 무얼 부르지』에 실린 박솔뫼의 소설을 멀리서 바라보면 삶에 대한 적극적인 의지를 결여한 인물들이 만나 이루는 공동체에 관한 이야기라는 인상이 두드러지지만, 좀 더 가까이서 자세히 들여다보면 그것은 균등한 하나의 세계가 아니라 두 대립되는 영역으로 이루어진 이원적인 구조로 되어 있다는 사실을 알 수 있다.

「그때 내가 뭐라고 했냐면」과 「안 해」는 서로 이어져 있는 이야기로 보인다. '구름새 노래방'이라는 공간을 공유하고 있고, 검은 옷의 노래방 사장이라는 인물도 두 소설에 모두 등장한다. 그렇지만 두 편을 연작이라고 보기는 어려운데, 이야기에서 같은 자리에 놓인 「그때 내가 뭐라고 했냐면」의 주미와 「안 해」의 여주로 인해 두 이야기가 연결되면서도 어긋나 있는 관계를 이루고 있기 때문이다.[5] 이 세계의 인물들은 두 편으로 구분해 볼 수 있다. 외부로부터

5 박솔뫼 소설 전체가 이런 방식으로 연결 구조를 이룬다고 볼 수도 있다. 단편에 한정하면 크게 보아 '해만'이라는 지명을 공유하는 「해만」, 「해만의 지도」, 「부산에 가면 만나게 될 거야」, 「겨울의 눈빛」 등의 한 계열과 '극장'의 형식을 배경으로 하는 「안 해」, 「그때 내가 뭐라고 했냐면」, 「안나의 테이블」, 「차가운 혀」, 「너무의 극장」 등으로 구성된 다른 계열은 '여주'라는 기표에 의해 연결되어 있으며 그 이외의 간헐적인 교차점들을 내포하기도 하면서 커다란 하나의 이야기의 성채를 이루고 있는 듯하다. 이 성채는 새로운 이야기가 추가될 때마다 역동적으로 확장되는 양상을 펼쳐 왔으며, 그 확장은 현재에도 진행 중이다. 그 최근 양상에 대해서는 이 글의 9장 참조.

위협을 가하는 검은 옷의 남자가 한쪽 편에 있다면, 다른 편에는 졸지에 그 위협의 피해자가 된 주미와 상란(「그때 내가 뭐라고 했냐면」), 그리고 여주, '나'와 병준(「안 해」)이 있다. 그 두 영역 사이의 경계는 절대적인 것이 아니며, 내부 세계 역시 균질적인 공간은 아니다. 병준은 처음부터 검은 옷의 남자와 공유하는 특성이 있었고, 여주는 남자인 '나'에 비해 검은 옷의 남자에게 더 적극적인 저항을 보여 주기도 한다. 그럼에도 두 영역 사이의 대립 구도는 분명하게 드러나 있다.

무언가를 잘하게 되는 데 필요한 건 열심히가 아니라고 그게 남들이 보기엔 열심히로 보여도 당사자에겐 아니라니까 열심히가 아냐 무작정이 아니란 말이야 좀 더 구체적으로 지목할 수 있는 항목이 당사자와 함께 달려 나가는 거에 가깝다니까. 뭐 양보해서 열심히가 중요하다고 쳐도 정말로 열심히의 세계가 있겠어? 있다 해도 그게 튼튼해? 검은 옷 당신의 말처럼 열심히의 세계로 만들어진 노래가 자기의 몸을 부수고 세상에 던져질 만큼 튼튼해? 게다가 열심히로 만들어진 노래라니 조금도 듣고 싶지 않잖아. 안 그래? 정말로 나는 아니라고 생각해 나도 생각이라는 것을 했는데 아니라고 생각해.

—「안 해」, 53쪽

위의 부분에는 검은 옷의 노래방 사장이 강요하는 '열심히'의 논리에 대한 반박이 직설적으로 드러나 있다. 사건이 펼쳐지는 주된 무대인 '구름새 노래방'을 "이유도 목적도 없이 열심히만을 끝없이 강요하는 작금의 우리 사회에 대한 공간적 알레고리"[6]로 읽어 내는 현실적 관점이 부조리극의 면모를 가진 이 소설들에 비교적 자연스럽게 적용될 수 있는 여지가 생긴 것도 그 선명한 대결 구도 때문이라고 할 수 있다.

그보다는 뚜렷하지 않지만 유사한 이원적 구조는 「안나의 테이블」과 「차가운 혀」에서도 추출해 볼 수 있다. 여기에는 '극장'과 '바'가 각각 '노래방'에 대응되는 공간으로 설정되어 있다. 극장에는 서커스 단장이 있고 바에는 사장이 있다. 그 반대편에 '나'와 안나(「안나의 테이블」), 그리고 '나'와 누나(「차가운 혀」)가 있다. 처음에 안'나'와 누'나'는 또 다른 '나'라고 할 수 있을 만큼 '나'와 근친적인 관계를 이루고 있었다. 그런데 단장과 사장의 압력에 의해 '나'와 안나, '나'와 누나의 관계는 민감하게 영향을 받으며 변화를 겪어 간다. 이야기가 흘러갈수록 안나와 누나는 점점 더 '안'나와 '누'나가 되어가는데, 이 소설들에서 두 세계의 대립 구도는 「그때 내가 뭐라고 했냐면」, 「안 해」에 비해 더

---

6 김형중, 「열심히 쓰지 않은 소설」, 《문학과사회》, 2010년 겨울호, 292쪽.

극적인 상태로 귀결된다. 위협을 피해 노래방을 탈출하거나 돌아와서 보복을 하는 대신, 안나는 테이블이 되고(「안나의 테이블」) 누나는 분열되는 한편 '나'는 본드를 흡입하고 몽환적인 상태가 된다.(「차가운 혀」) 말하자면 상징계 내부에서 대결의 드라마가 펼쳐지는 것이 아니라, 상징계의 압력에 의해 상상계가 활성화되면서 부풀어 올라 비약적이고 환상적인 사건이 발생하고 있는 것이다.

3

이때 상징계의 압력이 성적인 형태를 띠고 있다는 것도 박솔뫼 소설에서 주목할 만한 점이다. 지금까지 살핀 네 편의 소설을 두고 생각해 보면, 상징계의 압력은 주로 남성적인 특징을 띠고 있고(「그때 내가 뭐라고 했냐면」, 「안 해」의 검은 옷 남자, 「안나의 테이블」의 단장, 「차가운 혀」의 사장 등) 그 압력을 받는 대상은 주로 여성이거나(「그때 내가 뭐라고 했냐면」의 주미, 「안나의 테이블」의 '나') 남성이지만 성적인 정체성이 희박한 편(「안 해」의 '나', 「차가운 혀」의 '나')이라고 할 수 있다. 더 정확히 그 지형을 살펴보면 경계선의 외부에서는 인물의 성적인 특징이 뚜렷한 반면, 그 내부의 중심으로 갈수록 성적 정체성이 희미해지는 분포를 보이고 있다. 그 상황에서 중심부에 놓인 인물들의 관계가 와 해되는 징후는 성적인 운동성이 강화되는 것과 맞물려 나타난다. 가령 「차가운 혀」에서 '나'와 누나의 관계는 사장이 런던에서 살았던 적이 있다는 사실을 알게 된 이후, 그러니까 상징계로부터 유래하는 계층성의 압력이 그 관계에 가해진 이후, 미묘하게 변화하기 시작한다. 그 순간 '나'는 누나의 손을 축축하고 "긴장하고 있는 사람의 손"이라고 느끼고 있다.

> 누나는 소리를 질렀다. 누나는 가쁜 숨을 쉬었다. 그리고 나를 똑바로 쳐다본 채로 말을 했다. "너, 바 사장이 런던에서 살았었다는 이야기 들었어? 이상해. 그리고 나 정말로 학교가 가기 싫어. 하지만 갈 거야. 정말로 갈 거야." 나는 계속 웃음이 나왔다. 누나는 주먹 쥔 손으로 내 얼굴을 쳤다. 나는 누나를 밀쳤다. (……) 누나는 무서워하고 있었다. 런던 같은 데가 있을까 봐. 런던 같은 데서 누가 살고 있을까 봐. 가 본 적도 없고 앞으로 갈 수도 없을 것만 같은데 누가 살았다고 하니까. 나는 누나가 오렌지처럼 토끼처럼 병아리처럼 작고 귀여웠다. 누나 학교도 다니지 말고 나와 본드나 마시자.
>
> ——「차가운 혀」, 31~32쪽

'런던'이라는 강력한 상징계의 기호가 상상계적 쾌락에

빠져 있던 누나를 호출한다. '학교'는 두 세계의 중간 지점에 놓여 있는 기표일 텐데, 누나는 그 지점까지 이끌려가서 그 경계의 기로에 서 있다. 이처럼 외부로부터 가해진 새로운 압력과 그로 인해 점증된 불안은 그 이전까지 견고하게 엮여 있던 '나'와 누나 두 사람의 관계를 요동시키고 있다. 외부의 자극에 대해 '나'와 누나는 마치 자극의 N극과 S극처럼 상반된 반응을 보이는데, 누나가 상징계의 압력에 의해 내적으로 분열되는 양상을 보이고 있는 반면, '나'는 오히려 더 자폐적으로 밀착된 관계에 집착한다. 그렇게 보면 누나의 '무서움'과 '나'의 '웃음'은 동전의 양면이라고 볼 수 있다.

그런데 '나'와 그 주위의 인물들의 성적 정체성은 희미하지만, 그럼에도 불구하고 외부의 위협에 직면해 있는 박솔뫼 소설 속 인물들 사이에서는 상당히 빈번하게 육체적인, 성적인 접촉이 일어나고 있지 않은가, 생각될 수도 있다. 그러나 자세하게 살펴보면, 이 관계에는 성적인 관능성이 희미한 편이다. 오히려 그 육체적인 관계는 그들이 나누는 친밀성의 표현 쪽에 더 가까워 보인다.[7] 위의 인용 부분

---

7 「너무의 극장」, 「우리는 매일 오후에」, 「밥 짓는 이야기」, 「겨울의 눈빛」 등의 소설도 '나'와 남자가 이루는 친밀성의 관계를 이야기의 기본 구도로 삼고 있다. 섹스와 음식 등으로 연결된 그 친밀성의 관계를 둘러싼 외부에는 무자비하고 부조리한 폭력(「너무의 극장」)이나 원전 사고(「우리는 매일

에서 '나'는 누나를 "오렌지처럼 토끼처럼 병아리처럼 작고 귀여"운 대상으로 느낀다.[8] 그들 사이에 육체적인 관계는 있지만 그 행위는 쾌락원칙에 의거한 것으로 거기에 현실원칙으로 인한 긴장은 없다. 그것은 오히려 그 긴장으로부터의 도피에 가깝다. 그 관계에 상징계로부터의 압력이 가해질 때 그에 대한 반응은 성적인 긴장을 내포하기 시작하고 그 여파가 관계에 변화를 불러일으키고 있는 것이다.

이 점이 박솔뫼 소설이 이전의 소설들과 대비되면서 갖는 새로운 겹이라고 생각되는데, 말하자면 여기에서는 남성과 여성의 이분법적 성적 대립 구도를 취하거나, 이전에는 여성에 해당되던 자리에서 그것을 중성적으로 초월하는 일이 일어나지 않는다. 오히려 박솔뫼 소설의 인물들은 그와 같은 관념들을 비껴가면서, "성적인 방식으로 작용하

오후에」, 「겨울의 눈빛」) 등의 극단적인 위협, 혹은 이미 몇 차례의 전쟁을 치른 후 우주에서 지구의 시간을 반복해서 살고 있는 꿈(「밥 짓는 이야기」) 이 놓여 있다.

8 「우리는 매일 오후에」에서는 남자가 실제로 작아지는 사건이 일어난다. 남자는 '나'의 질 속에 자신의 몸 전체를 넣기도 하고, '나'는 어깨에 남자를 얹고 거리를 걸어 다니기도 하는데, 그런 행위 역시 이 글의 맥락에서는 외부의 위협으로 인한 불안 때문에 서로를 껴안고 있는 상태와 다르지 않아 보인다. "그들의 산책과 웃음과 대화는 사실 보다 근본적인 불안을 감추기 위한 겹겹의 제스처들에 불과한 것은 아닐까."(박인성, 「박솔뫼를 위한 예언은 없을 것이다」, 『제4회 젊은작가상 수상작품집』(문학동네, 2013), 284쪽.) 라는 해석도 그 점을 적시하고 있다.

는 사회화의 압력"[9]에 이전과는 다른 방식으로 반응하면서 주로 젊은 세대를 중심으로 새롭게 형성되고 있는 성적 관계의 실상을 징후적으로 드러내고 있다. 그리고 그것은 또한 상징계와 무관하게 성립된 것이 아니라 끊임없이 그에 반응하면서 유동하고 있는 이 세대의 상상계적 의식 세계의 실상을 보여주는 것이기도 하다.

4

지금까지 다룬 네 편의 소설과는 달리, 「해만」과 「해만의 지도」에 등장하는 '해만'[10]이라는 가상의 공간은 외부의 압력이 작용하지 않는 안온한 세계로만 이루어진 것처럼 보인다. 육지로부터 배로 다섯 시간 떨어진 섬, 그리고

---

9 앤서니 보개트, 『무성애를 말하다』(레디셋고, 2013), 임옥희 옮김, 143쪽.
10 앞서 이야기했듯이 '해만'이라는 가상 공간은 박솔뫼의 소설에서 여러 차례 반복해서 등장하지만 그 과정에서 어떤 상징성이나 알레고리의 성격을 만들어 내는 것이 아니라 다만 그 소설들 사이의 연결 관계만을 구성하는 역할을 한다. 그 점에서는 실제의 공간 역시 마찬가지다. 「겨울의 눈빛」에서 '부산'이라는 지명은 이미 원전 사고가 일어난 곳이라는 미래의 가상적 상황의 무대가 됨으로써 그 실제성으로부터 벗어나 버린다. 『도시의 시간』에서의 '대구' 역시 실제 지명이지만 그에 대응되는 기의가 비어 있는, 껍질만 남은 기표에 가깝다고 할 수 있다. 뒤에 살펴보겠지만 '광주'만이 다소 예외적인 성격을 갖는다. 도시 공간과 관련한 최근의 양상에 대해서는 이 글의 9장에 간략하게나마 언급했다.

그 가운데에서도 자발적으로 그곳을 찾아온 사람들이 머물고 있는 여행자들의 숙소는 현실로부터 분리된 이방인들의 자족적인 공동체의 외양을 띠고 있다. 그렇지만 그 공동체의 표면적인 안정성은 늘 그 외부의 힘에 의해 위협을 받고 있다. 어린 대학생은 부모에 의해 집으로 끌려가고, 책을 읽던 남자는 경제적 문제의 해결을 위해 다시 수도로 떠난다. 직장을 그만두고 우연히 해만을 찾은 '나' 역시 언제까지나 그곳에 머물 수는 없다. 섬에 들어왔다는 존속살해범의 풍문과 그의 여동생이라 자처하는 서나의 존재는 그 평온한 내부를 불길한 분위기로 둘러싸고 있다.

우리는 「해만」, 「해만의 지도」에서 보이는 여행자들의 숙소를 중심에 둔 세계의 구도를 이미 그의 첫 소설 『을』에서 확인한 적이 있다. 거기에서도 낯선 이방의 도시 속 여행자들의 숙소를 배경으로 희미한 욕망만을 간직한 인물들의 삶과 관계를 바라볼 수 있었던 것인데, 그런 인상과는 달리 작가는 한 인터뷰에서 "인류는 과연 어떤 모습으로 종말을 맞을지를 상상하다가 떠올린 이미지로 써 내려간 소설"[11]이라고 창작 동기를 밝힌 바 있었고, 구상의 단계에서 마련된 구도에 대해 다음과 같이 설명하기도 했다.

---

11 이훈성, 「인류 종말 상상하다가 쓴 소설」, 《한국일보》, 2010. 4. 3.

아…… 저게…… 그게…… 3년 전에 쓴 건데 두 가지 기둥이 있는데 하나는 스물두 살 때 제가 숲이 나오는 배경을 써야겠다고 생각했어요. (……) 나머지 하나는 지구 종말에 대해 써야지, 라고 생각했어요. 인류가 멸망해도 크게 나쁘지 않을 것 같은 느낌도 있는데 막 사람들 다 죽고 없는데 한 명 두 명 남게 되면 어떻게 되나 이런 식으로 인류 멸망에 대한 구도를 많이 생각했어요. 만약에 아버지랑 딸이 남는다면에 대한 이그젬플 원이 있으면, 어머니와 아들이 남는다면 하는 이그젬플 투도 있어요. 아버지랑 딸이 남는다는 것이 스스로 재미있었겠죠. 숲이랑 그게 있다면 이 두 사람이 만나려면 유동적인 공간이어야 하고 걔네가 만나는 공간이 숙박업소인 거죠. 숙박업소가 배경이 되면 여행자가 나와야 되고…… 숲과 인류 멸망 그런 식으로 맞추다 보니까 이야기가 전개된 거죠.[12]

실제로 『을』은 여행자들을 위한 호텔에 체류하고 있는 을, 민주, 씨안, 프래니, 주이 등의 인물들의 관계를 중심으로 전개된다. 그렇지만 작가는 그 이야기의 양쪽 극에 '숲'과 '지구 종말'이라는 기둥이 이미 설정되어 있었다고 밝히고 있다. 그 설정이 작가의 의도만큼 선명하게 드러나지

---

12 고봉준 외, 앞의 좌담.

않는 것은, 소설 속에서 '숲'은 민주가 윤과 바원과 함께하는 꿈의 배경 공간으로 등장하고 있고, '지구 종말'에서 살아남은 아버지와 딸의 이야기는 을과 씨안이 본 영화 속의 장면으로 재현되는 등 그 '두 가지 기둥'이 서사의 깊숙한 후면에 배치되어 있기 때문이다.

아침이 되었다. 카메라는 위성 화면을 보여 주듯이 텅 빈 마을, 텅 빈 도시, 텅 빈 지구를 멀리서 보여 주었다. 건물과 자동차는 그대로였으나 사람은 아무도 없었다. 여자와 남자는 어제 가져온 빵들을 역시나 정말이지 맛없게 입속에 우겨 넣고 있었다. 그러고서는 다시 흰 벽에 기대어 엉겨 붙었다. 머리카락을 붙잡고 키스했고 벽에 머리를 찧기도 했다. 그렇게 또 한참을 뒹굴던 그들은 문득 모든 동작을 멈추고 서로의 얼굴을 바라보다가 시선을 문 쪽으로 향했다. 문에는 한 젊은 남자가 서 있었다.[13]

종말의 상황 속에 남자와 여자가 남았다. 아버지와 딸처럼 보이는 둘은 지루하게 먹고 지치도록 광기에 가까운 섹스를 한다. 그 행위는 욕망이라고 하기에는 열정이 결여되어 있다. 다만 그것은 그들이 불안을 견디기 위해 나누는

---

13 박솔뫼, 『을』(자음과모음, 2010), 59쪽.

몸부림에 가까워 보인다. 그들의 관계는 젊은 남자의 등장으로 인해 긴장에 휩싸인다. 그러니까 영화 속의 이 장면은 '지구 종말'의 상황을 보여 줄 뿐만 아니라 박솔뫼 소설의 기본 구도를 그대로 드러내는 것이기도 하다. "두 명이 있을 때는 다른 할 일이 없다는 듯 뒤엉켜 뒹굴기만 했으나 세 명이 되자 그들은 나라라도 세울 듯이 열심히 일했다."[14]라는 소설 속 문장에서도 확인할 수 있듯, 성적 긴장의 고조가 상징계의 활성화와 동시에 발생하고 있는 것이다.

『을』에서의 여행자들을 위한 호텔과 「해만」, 「해만의 지도」에 등장하는 숙소를 겹쳐 바라봄으로써, 우리는 박솔뫼 소설 전체의 맥락에서 '해만'이라는 공간이 놓여 있는 더 넓은 범위의 지형을 짐작해 볼 수 있다. 안온한 듯 보이는 숙소 내의 공동체 속 인물들 사이에서 발생하는 긴장과 갈등은 더 완전한 세계에 대한 동경이나 이 세계마저 종말에 이를지도 모른다는 근원적 불안이라는 외부의 진원으로부터 유래하는 것이다.

이 구도는 이후에 발표된 소설들에서 더 분명하게 확인되고 있기도 하다. 「겨울의 눈빛」은 '해만'과 '부산'이 등장한다는 점에서 「해만」, 「해만의 지도」에 직접 연결된 이야기이다. 지금 해만에 머무르고 있는 '나'는 몇 년 전 K시의 극장

---

14 같은 책, 60쪽.

에서 본 다큐멘터리 영화를 떠올린다. 그 영화 속에서 부산은 원전 사고 이후 폐허가 되어 버린 가상적 공간으로 제시되어 있고, 그로 인한 불안은 멀리 K시에 있는 '나'와 남자의 관계에까지 침투해 있다. 이렇게 본다면, '해만'이라는 공간 역시 종말의 감각(실재계)을 배경으로 펼쳐지는 상상적 의식 세계와 상징적 현실 사이의 역동적인 긴장의 드라마가 상연되는 '극장'이라고 할 수 있다. 그 긴장은 다음과 같은 상상계적 관계의 충만함에 대한 상상을 다시 불러온다.

> 나랑 서나랑 너랑 그리고 또 누가 있지? 숙소에 있는 내 친구? 아니면 젊은 목사? 아니면 너 친구 아무나 그렇게 넷이서 살면 좋지 않을까? 우리는 하루 종일 피곤하게 일을 하거나 돈을 벌거나 그렇게 살다가 밤에 집으로 돌아와 넷이서 꼭 껴안고 사는 거야. 다른 거는 안 해. 껴안는 거만 하고 그렇게 껴안고 자는 거. 그러면 다음날도 행복해지고 우리는 힘들지 않을 거야 계속 계속. 우리는 부족한 것이 없을 거야. 계속 계속 아주 오래 행복할 거야.
>
> ──「해만의 지도」, 179쪽

여기에서는 '나'가 서나와 맺는 관계의 추이가 앞의 소설들과는 반대의 방향으로 흘러가고 있다. 존속살해범의 풍문으로 인해 불안을 내포하고 있던 '나'와 '서'나의 관계는 우석을 매개로 연결되어 결국에는 위에서 보는 것처럼 상상적 관계 속에서 마치 하나의 덩어리처럼 밀착되기에 이른다. 이 관계의 집합에는 '안 해'라는 삶의 방식에 공명 하는 '아무나' 소속될 수 있으므로 서나조차도 예외일 수 는 없다. 그 상상 이후 한 번도 깨지 않은 잠 속에서 웃으 며 등장하는 서'나'를 보고 '나'는 왠지 아는 얼굴 같다고 생각하는 것이다.

5

'노래방'(「그때 내가 뭐라고 했냐면」, 「안 해」), '극장'(「안나 의 테이블」)과 '바'(「차가운 혀」), 그리고 '해만'(「해만」, 「해만 의 지도」) 등은 표면상으로는 현실 속 공간의 형상을 취하 고 있지만 실제적 위상은 상상계 쪽에 더 가깝다고 할 수 있다. 그 소설들에서는 내적인 은밀함을 공유하는 상상계 적 공동체를 중심에 놓고 그 외부를 둘러싸고 있는 상징계 의 압력을 추상적인 형태로 대비시키고 있었다. 그러니까 상징계 자체에 무게가 놓여 있다기보다, 상상계에 대한 압 력으로서의 의미가 더 강하다고 할 수 있다. 그렇기 때문 에 이 상징계의 압력은 구체적인 현실성을 결여하고 있다. 박솔뫼 소설의 인물들은 상징계의 영향을 받지만 그럼에 도 그들의 의식 세계는 그 영역에 머무르기보다 상상계 쪽

으로 밀착되거나 아니면 반대로 그 너머의 실재계의 감각에 이끌리는 특성을 드러낸다.[15]

그런 맥락에서 「그럼 무얼 부르지」는 『그럼 무얼 부르지』에 실린 소설 가운데에서 이채를 띠고 있다. 여기에서는 상징계의 압력이 '광주'라는 역사적 사건을 형식으로 하여 구체적으로 나타나고 있기 때문이다.

샌프란시스코를 여행 중이던 '나'는 한 대학 근처에서 한국어를 배우는 모임에 우연히 참여하게 된다. 거기에서 사람들은 1980년 5월의 '광주'에 관해 토론하고 있는데, 그들을 바라보면서 '나'는 자신과 그들 사이에 '몇 개의 장막'이 가로놓여 있다고 느낀다.

---

15 상징계가 약화된 현실적 상황에서 상상계와 실재계가 가깝게 맞닿게 된 장면에 대한 생각은 아즈마 히로키의 「우편적 불안들」에서의 논의에 의거한 바가 크다.(東浩紀, 「郵便的不安たち」, 『郵便的不安たちβ』, 河出書房新社, 2011, 50~109頁 참조) "미니멀리즘과 영원회귀로 이루어지는 플롯"(박인성, 앞의 글, 284쪽)이라는 구도 역시 그런 맥락을 다른 방식으로 표현하고 있다고 생각된다. 아즈마 히로키는 이른바 오타쿠 세대의 의식 세계를 규명하기 위해 그와 같은 구도를 고안했지만, 박솔뫼 소설에 등장하는 인물들을 보면 그 특징은 어느새 그 세대에만 한정된 것은 아닌 듯싶다. 가령 『백 행을 쓰고 싶다』에 나오는 원대와 규대 형제의 부모는 성매매를 생업으로 하지만 그들의 일상은 그 전형에서 벗어나 매우 평범하게 그려지고 있다. 목사 출신인 윤희 아버지 역시 그렇다. 그들 역시 상징계에 대한 소속감은 옅고, 상상계와 실재계 두 극에 의해 분열된 면모를 드러내고 있는 듯하다.

그 시는 김남주의 「학살 2」였다. 한국어와 영어로 각각 타이핑된 그 시는 외국 사람의 시 같았다. 60년대 후반 멕시코나 칠레의 대학에 군인들이 들어섰을 때 그것을 숨죽이며 지켜본 누군가 쓴 것 같았다. 거리에서 사람들이 사라지는 것을 보게 된 누군가 그 누군가가 쓴 것 같았다. 게르니카에 대한 글 같았다. 1947년의 타이베이에 대한 글 같았다. 밤의 골목에서 누군가 얻어맞는 시였다. 누가 때렸다고 하는 시. 누군가가 때리고 누군가는 맞고 죽이는 사람이 있으며 죽는 사람이 있다. 그리고 우는 사람은 아주 많다. 그런 시였다.

—「그럼 무얼 부르지」, 131~132쪽

이 소설은 미체험 세대가 '광주'라는 사건에 대해 갖는 솔직한 역사적 태도를 드러내고 있다는 점만으로도 문제적이라고 할 수 있지만, 이 글의 맥락에서 역사적 감각의 결여는 조금 다른 차원에서 설명될 수 있다. 그 역사적 사건은 상징계의 방향으로부터 온 것이지만, 박솔뫼 소설의 인물에게 그 영역은 추상화되어 있어 실체적 부피감이 옅기 때문에 실재계에 대한 감각과 직접적으로 맞닿아 있다. 사건의 역사성이 소진된 상황에서 성장한 '나'에게, 비록 그곳에서 태어났다고 해도 '광주'는 시간성과 공간성을 잃은 채, 위의 장면에서 보는 것처럼 일종의 미디어적 사건과

같이 존재하는 것이다.[16]

그런 이유로, 언어와 문화는 제한적으로만 공유하고 있는 '나'와 해나는 그 불안만은 온전하게 나누어 가지고 있다.

우리는 머리를 맞대고 읽었다. 김정환의 「오월곡(五月 哭)」이라는 시였다. 우리는 검지로 한 줄 한 줄 읽었다. 나의 검지 옆에 해나의 검지가 움직였다. 나의 검지는 해나의 검지를 밀듯이, 해나의 검지는 나의 검지에 붙어 있는 듯한 모양으로 움직였다. 우리가 시의 끝 부분인 "은밀한 죄악의 밤조차 진저리쳤던 대낮이었습니다"라는 부분에 이르자 두 검지는 종이를 두드렸다 툭툭 하고. 서로의 손가락도 두드렸다. 손가락을 두드릴 때는 종이를 두드릴 때 같은 소리가 나지 않는다. 나는 펜을 꺼내어 이전에 해나가 했던 것처럼 줄을 그었다. "우리들 가난의 공동체여"라

---

16 이 소설집에 실린 소설들 이후, 「우리는 매일 오후에」나 「겨울의 눈빛」에 등장하는 '원전 사고' 역시 이 맥락에서 보면 사회적인 사건이면서 동시에 자아로 하여금 세계의 종말을 떠올리게 만드는, 상징계 너머와 맞닿아 있는 사건이라고 할 수 있다. 그 모티프의 발생 지점을 되돌아보는 대목에서 박솔뫼는 "원자력의 실태를 다룬 글을 읽다 고개를 들자, 눈앞의 세계와 읽고 있던 글의 간극이 느껴져 도무지 실감이라는 것을 할 수 없었던 것이다."(「오늘의 작가: 박솔뫼」, 《세계의문학》, 2011년 가을호, 444쪽)라고 적은 바 있는데, 그 '간극'은 원자력의 문제가 현실 속 사건으로서보다 그것과 떨어져 있는 실재계의 사건처럼 감지되고 있는 순간을 보여 주는 표현이라고 생각된다.

는 부분과 "제3세계여 공동체여"라는 부분이었다.

―「그럼 무얼 부르지」, 144쪽

'나'와 해나는 검지를 붙여 한 줄씩 시를 읽으며 친밀성의 관계를 구축한다. 그리하여 서로의 손가락을 두드리는 장면에까지 이르고 있다. 이 과정에서 해나는 '해'나로부터 해'나'로 그 성격이 전환된다. 그런데 이 소설은 이 상상적 관계의 성립으로 이야기를 마무리하지 않는다. 위의 장면의 끝 부분은 다음처럼 이어진다.

공동체는 community, 제3세계는 third world 해나는 영어로 적는다. 공동체와 제3세계는 몹시 세계 공용 단어 같아서 그 두 단어에 밑줄을 그은 김정환의 시는 김남주의 「학살 2」처럼 꼭 광주의 이야기만은 아닐지도 몰라 이건 60년대 남미의 이야기일지도 모르지 하는 생각이 들게 했다. 모든 명확한 세계들이 내게서 장막을 치고 있었다. 해나는 그때 버클리 대학 근처 카페에서 누군가 광주가 어디 있지? 하고 물었을 때 광주의 위치를 정확히 짚었다. 아까의 그 검지로, 대충 그린 한국의 지도에서 여기야 하고 광주를 짚었다. 누군가 massacre의 뜻도 물었는데 또 다른 누군가는 쉽게 설명해주었어. (……) 나는 그런 명확한 세계에 없었다.

―「그럼 무얼 부르지」, 144~145쪽

시간적으로도 멀리 떨어져 있고 사회적 상황도 변화해서 '광주'가 마치 미디어적 사건처럼 체험된다고 해도, 그 시공간적 규정성으로부터 '나'가 완전히 벗어날 수 없다는 사실을 감각하는 순간을 위의 장면에서 확인할 수 있다. 이처럼 해나와 '나'가 공유하지 못한 언어, 즉 상징계적 차원의 문제는 둘 사이의 상상계적 관계에 다시금 균열을 도입한다. 그러니까 이 소설에서 상징계의 여파에 의해 상상계적 관계가 변화하는 양상은 앞서 살펴본 소설에 비해 더 복합적이다. 말하자면 '해'나 → 해'나' → '해'나 → ……로 지속되는 왕복 운동 속에 그것은 놓여 있는 것이다. 그 어느 중간 지점에서 '나'는 다음과 같이 잠정적으로나마 명료한 상태에 머무르고 있다.

다만 내 앞으로는 몇 개의 장막이 쳐져 있고 나는 그 앞으로 직선으로 나아갈 수 없다는 것, 그것만은 확실하다는 이야기다. 나는 3년 정도의 시간은 하나로 볼 수 있으며 3년 전은 3년 후의 시선으로 볼 수 있으며 그러므로 나는 모든 시제를 지울 수 있으며 그렇게 볼 수 있는 시간들은 점점 늘어나지만 나의 시선은 김남주가 이야기한 "광주 1980년 오월 어느 날"에는 가닿지 않는다는 말인데 이건 좀 신기할 수도 있지만 실은 당연한 이야기다. 확실한 이야기이다. (……) ####년 광주 시멘트 건물 회색 복도 오월 마지막 남은 며칠, 그것은 역시나 내가 모르는 시간으로 내가 더하거나 내게 겹쳐지지 않는 시간들이었다.

　　　　　　　　　　　　──「그럼 무얼 부르지」, 152쪽

미디어가 지배적인 영향력을 발휘하는 상황에서 현실의 시간과 공간의 의미는 옅어진 것이 사실이다. 과거나 미래의 이미지들은 더 이상 기억이나 상상 속에 머물러 있지 않고 언제든지 미디어에 의해 재현될 수 있다. 그리고 그것은 이미지라는 점에서 보면 현재의 이미지와 구분되지 않는다. 그런 식으로 '볼 수 있는 시간들은 점점 늘어나'고 있다. 그러나 그럼에도 '나'의 시선은 '광주 1980년 오월 어느 날'에는 가닿지 못한다. 여기에서 '나'의 시선이 도달할 수 없는 지대가 있다는 사실의 확인은 역사에 대한 인식의 한계를 체념적으로 수긍하고 있다기보다, 미디어에 의해 현실적 시공간이 해체되는 상황 속에서도 그것으로 해소할 수 없는 역사성의 존재를 분명하게 자각하는 것이라 볼 수 있다. 여기에서 우리는 상징계에 대한 부정과는 반대 방향으로 작용하는 어떤 지향성을 감지할 수 있다.

6

상징계가 약화되는 상황 속에서 그에 대한 반응은 대체

로 상상계나 실재계가 비대해지는 양상으로 나타나는 것이 일반적이지만, 박솔뫼 소설의 독특함은 그와 같은 동시대 의식의 현상을 징후적으로 보여 주면서도 그 추세에 편승하여 상징계의 현실을 벗어나 버리는 방향으로 쉽게 나가지는 않는다는 점에 있다. 젊은 세대임에도 기특하게 역사적 사건이나 사회 현상에 관심을 기울이고 있다기보다, 근본적으로 그의 시선은 그 심역들 사이에서 일어나는 힘의 작용과 관계의 실상을 정확하게 바라보고 있는 것이다.

이렇게 본다면, 과격하게 해체적이거나 파괴적이지는 않으면서도 오히려 무정부주의적인 반항보다도 더 불온한 방식으로 문법적 규범으로부터 이탈하고 있다는 인상을 주는 박솔뫼 소설의 문체 또한 그와 같은 구도에 대응되는 것이라고 할 수 있지 않을까. 예를 들면 다음과 같은 문체.

지난 토요일 안나와 나는 영화를 보러 갔다. 안나는 6년 전 내가 쓴 소설의 모티프가 된 인물로 주위 사람들이 차례로 모두 죽고 난 후 혼자서 살고 있는 친구다. 안나가 소설의 모티프가 된 데에는 일가친척이 차례로 죽었다는 비극성에 있지만 아마 내가 다시 안나를 주인공으로 소설을 쓰게 된다면 백치미와 불안감을 온몸으로 풍기지만 정작 본인은 평안하기만 한 인물이 등장하는 소설을 쓸 것이다. 실제의 안나처럼. 이렇게 쓰고 보니 이건 너무 전형적인 여

자 주인공이네라는 생각이 들어 관둬, 안 써 하는 기분이
되었다. 나는 안나에 대해서라면 늘 '꼭 그런 것만은 아니
야.'라고 말하고 싶어졌는데 무슨 말이냐면 그러니까 안나
는 그다지 전형적인 인물이 아니라니까.

—「안나의 테이블」, 185~186쪽

박솔뫼 소설의 문장들은 무의식과 의식 사이를 관통하
면서 존재했던 의식의 잔여물들이 남긴 사유와 발화를 이
질적으로 접합하고 있는 듯 보인다. 그는 시간의 진행 과정
에서 새롭게 생성되고 소멸하는 매순간의 주체가 남긴 서
로 다른 내용과 형식의 사유와 발화를 하나의 시점에서
통합하지 않고 그것들이 존재했던 상태 그대로 연결하여
하나의 프레임 안에 노출시키고 있는 것이다. 왜 이런 문체
를 선택하지 않으면 안 되었던 것일까.

몇 년 전부터 자주 하는 생각은 많은 언어는 점령되어
있다는 것이다. 점령된 언어를 계속해서 쓰면서 하고자 하
는 말을 할 수도 있지만, 나는 그게 잘 안 되는 쪽이고 그
보다는 안 쓰는 쪽을 택한 것에 가깝다.[17]

---

17 박솔뫼, 「코드프레스에 관한 몇 가지 생각들」, 《인문예술잡지 F》 제7호,
2012. 10, 138쪽.

상징계의 규범적 언어에 대해 회의하고 있는 주체는 매번의 발화의 순간 상상계와 상징계 사이에 분열되어 있다. 그렇기 때문에 객관적인 서술체 사이에서 구어체가 불규칙적으로 출몰하는 현상은 상징계의 압력을 마주하여 보이는 상상계 속 자아의 불안정한 상태를 반영하고 있다고 할 수 있을 것이다. 그런 방식으로 박솔뫼 소설의 인물들은 의식과 무의식에 걸쳐서 유동하고 있는 자아의 상태를 문체의 형식을 통해 드러낸다. 혹은 그 분열된 자아들을 통합할 수 있는 발화의 자리를 결여하고 있는 상징계의 무기력을 드러내고 있다고도 할 수 있을 것이다.

그럼에도 여기에서 '안 쓴다'는 표현의 의미는 단순한 부정을 뜻하지는 않는다. 오히려 '그대로 따르지는 않는다'는 의미에 더 가깝다고 할 수 있다. 그리고 그 점령된 언어 가운데에는 상상계를 특권화하면서 상징계를 관념적으로 비판하는, 이미 익숙한 방식도 당연히 포함될 것이다. 그렇다면 점령되지 않은 언어에는 어떻게 접근이 가능한가.

그 순간을 떠올리는 것으로 나라는 사람이 말로 싸울 수 있는 사람일지도 모른다는 확신을 얻는다. 어쩌면 용기를 얻는지도 모른다. 그런데 왜 말로 싸웁니까? 오염된 말로부터 나의 말을 지켜야 하니까요. 오염된 말은 무엇입니까? 오염된 말은 그저 적당한 말입니다. 아? 그저 적당한 말이라, 그렇다면 당신의 말은 오염된 말이 아닙니까? 싸우고 있는 한은 오염되지 않았다고 말하겠습니다.(*아닌가……*.)[18]

외부로부터 자극되어 생성된 의식은 그 자체로 자명한 듯 성립되지만, 얼마 지나지 않아 내부로부터 들려오는 목소리와 마주한다. 그 목소리는 검열관처럼 '나'의 의식의 정당성을 심문한다. 그런데 이 초자아의 심문에 대답하는 과정에서 자아는 자신도 모르는 사이 상징계의 '점령된 언어'를 통해 발화하고 있는 자신을 발견하게 된다. 그 사실이 의식되는 순간 상상계의 자아가 다시 등장하여 이탤릭체 형식의 회의적인 발화를 통해 지금까지의 맥락을 무화시키고 있다. 두 자아 사이의 간극은 회의의 강도에 따라 일시적으로 좁혀질 수 있지만 근본적으로 봉합되지 않는다는 사실을 박솔뫼 소설 속 인물들은 분명하게 자각하고 있다. "나에게는 몇 가지 말이 있고 말의 지평을 넓히는 말 그런 말을 가지고 있고 A는 연극으로 찾는다는 그것을 나 역시 찾으려 걷고 있다."[19]라는 대목에서 보듯, 그는 부정보

---

18 박솔뫼, 「부산에 가면 만나게 될 거야」, 《문학들》, 2012년 봄호, 168쪽. 『겨울의 눈빛』에 수록되면서 이 인용 부분의 마지막 문장("싸우고 있는 한은 오염되지 않았다고 말하겠습니다.*아닌가……*.)")이 삭제된다. 『겨울의 눈빛』(문학과지성사, 2017), 123~124쪽 참조.
19 「부산에 가면 만나게 될 거야」, 『겨울의 눈빛』, 125~126쪽.

다는 확장의 방식에 의거하여 그 점령되지 않은 언어를 찾아가고 있는 자신의 상황을 인식하고 있는 것이다.

그러하기에 박솔뫼 소설은 상징계의 언어를 관념적으로 부정하면서 자동기술적인 서술로 일관하지 않는다. 상상계의 상태를 표현하면서도 그 방향으로만 계속 진행해 나가는 것이 아니라 그다음 장면에서는 규범적인 발화의 궤도로 복귀하고 있다. 박솔뫼 소설은 규범과 비규범의 상태 한 곳에만 머무르거나 그 둘을 지양하지 않고 그 왕복 운동을 그대로 문체화하고 있는 것이다.

모더니즘의 스타일과 리얼리즘의 주제가 하나의 이야기 안에서 긴장을 이루며 양립하고 있는 박솔뫼 소설의 면모 역시 그처럼 상상계와 상징계를 왕복하는 의식의 운동 속에 시선을 두고 자신과 세계를 바라보는 태도로부터 비롯했다고 할 수 있다. 그렇기 때문에 그의 소설이 그 전개의 과정에서 점차적으로 획득하는 듯 보이는 현실에 대한 태도는 어떤 외부의 이념에 의거한다기보다 그 내부의 회의가 빚어낸 공백을 소거해 내고 남은 단단한 의문의 결과라고 할 수 있을 것이다.

7

2014년 처음 출간된 박솔뫼의 첫 소설집 『그럼 무얼 부르지』는 그에 앞서 출간된 장편『을』과『백 행을 쓰고 싶다』를 통해 실험적으로 제시된 그의 독특한 소설적 개성이 단편이라는 또 다른 형식을 통해 더 강렬하게 부각되는 계기가 되었다. 그리고 그 후『겨울의 눈빛』,『사랑하는 개』(스위밍꿀, 2018) 등의 소설집과『도시의 시간』,『머리부터 천천히』(문학과지성사, 2016),『인터내셔널의 밤』(arte, 2018),『고요함 동물』(창비, 2020) 등의 장편이 꾸준하게 출간되어 박솔뫼의 소설 세계는 더 넓게 펼쳐져 왔다.

『그럼 무얼 부르지』와 그 이후 지금에 이르기까지 박솔뫼 소설의 중요한 개성 가운데 하나는 그 이야기들이 외부 현실의 흐름에 민감하게 반응하면서 어떤 변화를 적극적으로 추구하기보다 그 생성의 흐름에 몸을 맡긴 채 자연스럽게 흘러오면서 자신만의 스타일을 간직한 고유의 세계를 구축하고 있다는 점에서 찾을 수 있다. 그의 첫 책『을』에는 내가 인상적으로 기억하고 있는 한 장면이 있다.

그녀는 하우스키핑을 시작하며 새로운 습관이 생겼다. 그것은 무엇이든 늘 하나만 사는 것이었다. 씨안은 일주일에도 몇 번씩 맥주를 마셨지만 늘 한 번에 한 병씩만 샀다. 그것은 다른 것도 마찬가지였다. 책도 한 권 이상은 사지 않았다. 곰곰이 생각해 보고 정말 읽고 싶은 책만 한 권 사는 것이다. 커피도 한 봉지만, 땅콩도 한 봉지만. 그렇게 아주 조금씩, 대신 자주 샀다. 시간이 지날수록 점점 간소해지고 싶고 간단해지고 싶고 가벼워지고 싶었다. 그녀는 이 생활에 아무런 불만이 없었다. 오히려 깊이 사랑하고 있었다. 솔직히 말한다면, 할 수만 있다면 좀 더 오래 이 생활을 유지하고 싶다고 생각했다. 할 수만 있다면 좀 더 오래.[20]

여행 중 장기투숙자를 위한 호텔에 머무르다 하우스키퍼 공고를 보고 일을 하기 시작하며 그곳에 체류하고 있는 씨안. 일을 하지 않을 때는 극장이나 서점에 들르고, 밤에는 혼자 맥주를 마신다. 그런데 씨안은 맥주를 한 번에 한 병씩, 그리고 책도 정말 읽고 싶은 책만 한 권씩 산다. 넉넉할 리 없는 주급으로 생활하지만 이런 삶에 결핍이 있을 수 없다. 이런 가난한 삶에 불만이 없는 이유는 타인의 욕망을 뒤쫓거나 그 욕망의 대상이 되고자 하지 않기 때문일 것이다. 씨안은 오히려 이 생활을 깊이 사랑하며 할 수만 있다면 좀 더 오래 유지하고 싶다고 느낀다. 지금 되돌아보면 소설 속의 이 장면은 박솔뫼의 글쓰기가 추구하는 지향점의 메타포 같은 것이 아니었을까 생각되기도 한다.

소설은 다른 행위에 비해 승인 욕망이 강렬하게 투여되는 양식이라고 할 수 있다. 그것이 많은 대중을 원하지 않

---

20 『을』, 53~54쪽.

는 전위적, 실험적인 것이라고 해도 그렇다. 그런데 박솔뫼의 소설은 특이하게도 인정 투쟁의 욕망에 물들지 않은 글쓰기 지대의 존재를 증명하고 있다. 승인의 욕망이 희미한 그와 같은 글쓰기는 다르게 말해 소설적이지 않다는 의미이기도 하다. 소설이면서도 소설적이지 않은, 혹은 소설적이지 않아도 상관없다는 태도를 보이는 이런 상태가 박솔뫼 글쓰기의 일관된 기조를 이루고 있는 것이다.

박솔뫼는 자신이 쓴 소설이지만 그것을 자신의 것으로 느끼지 않는 감정의 상태를 여러 차례 언급했는데, 이런 상태 또한 앞에서 이야기한 소설적 지향과 무관하지 않아 보인다. 그는 첫 책을 낼 때부터 "이 글도 나름대로 잘 살거라 생각"[21]한다고 이야기한 바 있고, 이런 생각은 시간이 좀 더 지난 후에도 "어떻게든 상대에게 이 소설을 잘 소개해야겠다거나 오해로부터 이 소설을 보호해야겠다거나 혹은 어떤 좋을지도 모를 오해를 사게 하고 싶다거나 하는 의지나 기대가 나에게는 별로 없다는 생각"[22]에서 보듯 크게 변하지 않은 채 나타나 있다. 『그럼 무얼 부르지』의 「초판 작가의 말」 또한 이런 생각으로 채워져 있다.

---

21 「작가의 말」, 『을』, 221쪽.

22 박솔뫼, 「아수라 걸 in Love」, 『연애소설이 필요한 시간』(부키, 2015), 294쪽.

책이 나온다는 생각을 하면 왜인지 이 책과 가장 관계 없는 사람의 표정을 짓게 된다. 그러면 어디로 가게 되나? 멀리 가게 되나?

데뷔하고 작품을 발표하기 시작하던 때의 소설들을 묶었다. 어떤 것은 낯설었는데 내가 멀리 간 것일 수도 있지만 소설들도 나름대로 발이 달려서 어디로 간 것 같다. 거기서 뭘 하고 있는지는 모르겠지만. 어떨 때는 거기서 거기 다리 하나 위에서 서로 왔다 갔다 하고 있겠지만.

발이 달린 소설들이 뭘 하고 사나 그런 것을 생각하면 좋은 것 같다.

—「초판 작가의 말」, 251쪽

여기에서 "발이 달린 소설"은 작가의 손을 떠난 작품의 독자적 운명과 관련된 표현이라고 할 수 있지만, 이를 단서로 하여 생각하면 그것이 박솔뫼 소설의 생성의 측면과 관련된 또 다른 특징을 암시하고 있다고도 볼 수 있을 것 같다. 말하자면 그 이야기들은 작가의 의도라든가 미적 의식에 의해 통제되는 것이 아니라 그보다 심층에서 그들 스스로가 자율적으로 연결되고 구축하는 서사에 더 가까워 보인다. 그러니까 우리는 이 표현으로부터 박솔뫼 소설과 더불어 무의식까지는 아니라고 해도 작가의 이데올로기로부터 거리를 둔 영역에서 전개되는 이야기의 생성 과정을 떠올려 볼 수 있는 것이다.

작가와 이야기 사이의 관계가 이렇게 서로 무심함에도 불구하고 박솔뫼의 글이 문예지에 발표되는 소설의 형태로, 출판사에서 출간되는 책의 형태로 존재한다는 사실, 그리고 아주 많은 사람들은 아니지만 그것을 아끼는 사람들에 의해 지속적으로 읽히고 있다는 사실이야말로 사건적 성격을 띠고 있다고 할 것이다. 이 아슬아슬하고 불편한 자리를 자기 자리라고 생각하고 편안하게 느끼며 심지어 즐기기까지 하는 데 박솔뫼의 글쓰기의 특별함이 있다고 생각된다. 자기 나름의 존재의 방식을 유지하되 그렇다고 현실과의 긴장을 무시하지 않는 어떤 상태, 박솔뫼 소설은 그런 희소하고 희박한, 그런데 그렇기 때문에 보존되어야 할 어떤 삶과 가치를 일깨운다. 박솔뫼 소설의 내용과 별도로 이런 자리가 점점 더 시장 중심으로 진행되어 가는 한국 소설에서 각별한 의미를 지닌다고 생각한다.

8

그럼에도 불구하고 박솔뫼의 글쓰기에서도, 적어도 내적인 차원에서는 그만의 욕망이 긴장을 유지한 채 자리 잡고 있다. 그는 처음 자신의 글을 세상으로 내보내면서 다음과 같이 쓴 바 있다.

정말 이상한 것을 써야지, 예쁨 받을 수 없는 것을 써야지. 나는 그런 마음을 가졌다. 금요일 밤의 마음. 차가운 한밤중 홀로 어딘가를 달려 나가는 마음. 내가 자랑스럽고 당당하게 여기는 것은 아무래도 그뿐이었다.[23]

그 욕망의 빛깔이 많은 사람들이 갖고 있는 것과는 다르기는 하지만, 박솔뫼의 글쓰기에도 그 나름의 욕망이 작동하고 있다는 사실을 위에서 발견할 수 있다. 이상한 것, 예쁨 받을 수 없는 것을 욕망하는 마음이 그것인데, 그 욕망을 박솔뫼는 "금요일 밤의 마음"이라는 인상적인 비유로 표현하고 있다. 그런데 그 "금요일 밤의 마음"이라고 하는 것은 "차가운 한밤중 홀로 어딘가를 달려 나가는 마음"이라는 보다 구체적인 은유를 통해 서술되어 있는 것처럼 실제로는 분주한 세상을 배경으로 하되 본질적으로는 자아에 내재된 고독한 추구를 의미하는 것으로 이해할 수 있다.

한편 이와 같은 자족적인 열망이 내적인 고립에 도취되는 나르시시즘으로 흐르지 않는다는 점 또한 박솔뫼 소설의 특별한 면모인데, 그것은 자신과 취향을 공유하는 특정 경향의 텍스트에 대해 이른바 '영향의 불안'을 갖지 않는

23 박솔뫼, 「수상소감 ─ 제1회 자음과모음 신인상」,《자음과모음》, 2009년 겨울호, 23쪽.

점에서, 오히려 그에 대한 솔직한 반응을 무방비 상태로
드러내고 있는 장면들에서 확인할 수 있다.

에릭 보들레르의 이 작품에서 가장 인상적이었던 것은
아다치 마사오의 목소리에서 '나는 이런 것을 했다'라는
식의 느낌이 거의 없었다는 것이다. 그는 요즘은 편의점 앞
에서 젊은이들이 하는 이야기를 들어 본다고 하였다. 그에
게는 과장도 자기 연민도 없었고 다소 초연한 목소리로 여
전히 사회와의 긴장감을 가진 채 주변의 것을 이야기하고
있었다. 그는 어떻게 그런 상태를 계속할 수 있는가.[24]

박솔뫼가 에릭 보들레르의 다큐멘터리 영화에서 아다
치 마사오의 목소리를 위에서처럼 인상적으로 기억하고
있는 이유 또한 그와 관련이 있어 보인다. '나는 이런 것을
했다'는 식의 느낌이 거의 없으면서도 사회와의 긴장감을
유지하며 주변의 것을 이야기하는 그런 태도와 공명하는
의식이 박솔뫼에게 있었던 것이며, 아다치 마사오와 에릭
보들레르와의 만남은 그런 의식을 더욱 자각적인 것으로
확인하는 계기가 되었던 것이다.

그리고 다른 텍스트와 만나 발생한 이런 스파크는 다만

---

24 박솔뫼, 「9월 도쿄에서」, 『겨울의 눈빛』, 241쪽.

삶의 영역에 머물러 있지 않고 박솔뫼의 소설 속으로도 넘쳐 흘러들어온다. 「광장」(『광장』(워크룸프레스, 2019))은 제목 그대로 최인훈의 『광장』을 모티프로 하여 탄생한 이야기이지만 그 근저에는 아다치 마사오의 영화 「약칭 연속 사살마」(1969)가 놓여 있다. 그 텍스트의 네트워크가 빚어내는 상상력 속에서 나가야마 노리오와 권희로, 그리고 이명준이 만나 하나의 세계를 이루고 있다.

그러니까 박솔뫼의 소설은 고립된 성채와 같은 것이 아니라 삶의 과정에서 그가 마주친 텍스트들과의 대화가 이루어지는 교통적 공간이다. 자신의 성향을 자극하는 텍스트에는 예민하게 반응하는 감각이 그의 글쓰기의 중요한 동력이라는 사실을 다음의 발언에서도 확인할 수 있다.

생각해 보면 나는 늘 좋은 것에서 힘을 빌려 와야겠다는 마음을 품은 채 소설을 시작하게 된다. 소설을 쓰는 마음, 소설에 대한 의지 같은 것의 20퍼센트는 좋은 것이 있으면 있는 힘껏 가져오겠다, 치마를 넓게 펴고 손을 뻗어 다 따겠다, 배부르게 먹고 토하겠다는 그런 마음인 것이다.[25]

겉으로는 욕심처럼 보이는 이런 마음 역시 궁극적으로

---

25 「아수라 걸 in Love」, 298쪽.

는 자기 이야기에 대한 소유권에 집착하지 않는 태도와 연결된다고 할 수 있다. 『머리부터 천천히』에서 병준이 꿈 속에서 리처드 브라우티건, 다카하시 겐이치로, 로베르토 볼라뇨 들과 만나 대화를 나누는 장면은 작가의 사심이 깃들어 있는 대목인데, 배타적인 것과는 거리가 먼 이런 마음이 그가 좋아하는 이야기와 그가 만드는 이야기를 이어주고 결과적으로 그 고유의 혼종적인 텍스트를 가능하게 하고 있다. 그 흐름을 타고 그가 교섭하는 텍스트는 사쿠라이 다이조의 연극(「주사위 주사위 주사위」), 타카노 후미코의 만화(「사랑하는 개」), 구요사와 기요시의 영화(「여름의 끝으로」) 등 점점 더 다양하고 넓어지며 과감해지는 경향을 보이고 있다.

9

만일 박솔뫼의 소설을 원심 분리하듯 분석할 수 있다면, 앞서 살핀 '읽기'만큼이나 '걷기'(상당한 비중의 '먹기'를 포함)의 성분의 비율이 높은 수치를 나타낼 것 같다. 그런데 실제로는 이 성분들이 분리되지 않고 서로 얽혀 '살기=쓰기'의 복합체를 이루고 있는 것이 박솔뫼의 소설이라고 할 수 있다. 그런 의미에서 여행은 박솔뫼 소설의 소재이자 모티프이면서 동시에 글쓰기의 조건이자 결과적으로 그 궤

적이 곧 그의 소설이다.

박솔뫼는 그의 첫 소설 『을』을 책으로 내면서 "3년 전 여름, 여행 중에 이 소설을 썼다."[26]고 적은 바 있는데, 그로부터 생각하면 처음부터 그의 글쓰기는 여행과 분리된 것이 아니었던 듯하다. 그러니 그가 다음처럼 리처드 브라우티건의 기록에 민감하게 반응하는 것도 이상한 일이 아니다.

이 소설은 캘리포니아, 볼리나스의 한 집에서 1964년 5월 13일에 시작되어, 1964년 7월 19일 캘리포니아, 샌프란시스코, 비버 스트리트 123번지의 집 앞방에서 완성되었다.

이 소설은 돈 앨런, 조앤 카이거, 그리고 마이클 맥클루어를 위한 것이다.

왜인지 이 부분을 좋아하는데 아마 큰 의미는 없어 보이지만 많은 장면을 보여 주고 열어 주고 있다는 생각이다. 내 생각에 리처드 브라우티건의 그 소설은 나를 위한 것 같다.[27]

여행의 과정이 곧 글쓰기의 과정이 되고, 그 과정이 다

---

26 박솔뫼, 「작가의 말」, 『을』, 221쪽.
27 박솔뫼, 「작가의 말」, 『머리부터 천천히』(문학과지성사, 2016), 254~255쪽.

시 글 내부로 침투하는 일은 박솔뫼 소설의 텍스트 상황이기도 하다. 그렇지만 그 여행은 사실의 기록이기보다 경험과 상상이 얽히고, 그것이 다시 텍스트 사이를 넘나드는 상호텍스트의 놀이로 이어진다. "다른 세계를 생각해도 엄청난 것 대단한 것을 떠올리지 않고 같은 나라의 다른 도시의 내가 살 법한 조건들을 그럼에도 현재로서는 선택하지 않은 걸음들을 간 사람을 가정하는 것"[28]이라는 소설 속의 규정이 이 놀이가 갖는 성격의 한 단면을 드러내고 있다. 박솔뫼 소설에서 광주와 부산, 혹은 오키나와 등은 공간은 그런 방식으로 소설 속에 등장한다.

세계의 끝을 향한 여행이 도시들과 텍스트를 경유하여 더 확장되는 한편, 소설 속의 인물들이 나누는 친밀성의 유대는 개와 고양이 같은 동물과의 관계로 넓어지는 경향도 볼 수 있다. "「겨울의 눈빛」(2013)과 「어두운 밤을 향해 흔들흔들」(2014)에서, 부모형제 등 인물의 혈연가족들은 거의 부각되지 않는다. 오히려 그들과 '감정적 친족관계'에 있는 것처럼 보이는 이들은 개와 고양이이다."[29]라는 비평적 언급에서 보는 것처럼, 박솔뫼 소설에서 동물은 포스트휴먼의 맥락을 보여 주고 있었는데, 『사랑하는 개』와 『고요

---

28 박솔뫼, 「우리의 사람들」, 《문학과사회》, 2016년 여름호, 166쪽.

29 차미령, 「고양이, 사이보그 그리고 눈물」, 《문학동네》, 2019년 가을호, 534쪽.

함 동물』, 그리고 「수영하는 사람」(《문학과사회》, 2020년 봄호) 등에서 그런 경향은 더 넓어져 있다. 「우리는 매일 오후에」에서부터 등장하는 '작은 존재'나 고양이 '차미' 같은 동물이 친밀성의 자리에 있다면, 그보다 조금 거리를 두고 허은과 같은 친구가 있고, 상대적으로 먼 지점에 '선생님'이 자리하는 양상이 최근 박솔뫼 소설의 인물 구도를 이루고 있다. 그리고 이 대목에서 이 글의 앞부분에서 제시한 박솔뫼 초기 소설의 인물 구도가 어느덧 새로운 형태로 재정립되어 있다는 사실을 발견하게 된다.

10

이렇게 돌아보니 지난 10년 동안 박솔뫼는 기복 없이 자기의 스타일을 유지하며 꾸준히 글을 써 왔다는 사실이 새삼 확연하다. 그러면서도 지금까지 살펴 온 것처럼, 그의 글쓰기에 성장의 마디가 한 칸씩 늘어 가고 있다는 것도 확인할 수 있었다. 『인터내셔널의 밤』이나 『고요함 동물』 등에서는 (박솔뫼 소설답지 않은) 단정하고 차분한 문체의 느낌을 받을 수 있기조차 한데, 아마도 뻣뻣한 긴장이 누그러지고 있다는 징후일 수 있는 이 현상은 박솔뫼 소설의 새로운 국면에 대한 기대를 품게 만든다.

소설의 안과 밖을 넘나들며 이어지는 박솔뫼의 여행은

앞으로 또 어떤 새로운 모습을 드러낼까. 마지막 페이지를 넘겨도 "아직 남은 것이 있다는 느낌"[30], 그런 느낌을 간직하며 그의 소설 여행이 오래 이어지기를 바란다.

---

30 박솔뫼, 「차가운 여름의 길」, 『사랑하는 개』(스위밍꿀, 2018), 129쪽.

재작년 말에 다른 일로 이 단편집을 다시 읽었던 적이 있다. 그때는 그것이 조금 괴로웠고 지금의 나와는 아주 다른 것을 대하는 느낌이었다. 지난 소설을 읽는 것은 시기의 문제라기보다 보통은 무거운 마음이 될 때가 많기는 하지만 말이다. 이번에 책을 새로 출간하면서 다시 읽었을 때는 그때보다는 가벼운 기분이었다. 나는 이것과 아주 다르지 않고 우리는 비슷한 사람들이며 어딘가로 향하고 있다. 이전보다 읽을만 했고 그럼에도 걸리는 몇몇 부분들을 수정하였다.

이 책에 실린 소설들의 절반 정도는 바닥에 앉아 침대 위에 컴퓨터를 놓고 썼다. 거기에 무슨 의미가 있는 것은 아니고 나를 구분 짓는 시간들을 떠올렸고 그런 시간들은 동시에 어딘가에서 살아가고 겹쳐진다는 생각도 했다. 그렇다면 나는 많은 곳에서 쓰고 있을 것이고 또 누구는 잠이 들고 걷고 있을 것이다. 맛있는 것을 먹는 사람도 있다.

그들이 모두 건강하기를 보낼 수 있는 마음을 보낼 것이다.

2020년 5월

박솔뫼

책이 나온다는 생각을 하면 왜인지 이 책과 가장 관계 없는 사람의 표정을 짓게 된다. 그러면 어디로 가게 되나? 멀리 가게 되나?

데뷔하고 작품을 발표하기 시작하던 때의 소설들을 묶었다. 어떤 것은 낯설었는데 내가 멀리 간 것일 수도 있지만 소설들도 나름대로 발이 달려서 어디로 간 것 같다. 거기서 뭘 하고 있는지는 모르겠지만. 어떨 때는 거기서 거기 다리 하나 위에서 서로 왔다 갔다 하고 있겠지만.

발이 달린 소설들이 뭘 하고 사나 그런 것을 생각하면 좋은 것 같다.

2014년 1월

박솔뫼

오늘의 작가 총서 34

그럼 무얼 부르지

박솔뫼 소설

1판 1쇄 펴냄	2014년 2월 3일
2판 1쇄 펴냄	2020년 5월 19일
2판 2쇄 펴냄	2023년 8월 29일

지은이	박솔뫼
발행인	박근섭·박상준
펴낸곳	(주)민음사

출판등록	1966. 5. 19 제16-490호
주소	서울시 강남구 도산대로1길 62(신사동)
	강남출판문화센터 5층(06027)
대표전화	02-515-2000
팩시밀리	02-515-2007
홈페이지	www.minumsa.com

ⓒ박솔뫼, 2020, 2014. Printed in Seoul, Korea

ISBN 978-89-374-2055-9 (04810)
ISBN 978-89-374-2050-4 (세트)

새로 잇고 다시 읽는 한국문학의 정수, 오늘의 작가 총서 시리즈

1	김동리	무녀도·황토기	29	조성기	라하트 하헤렙
2	황순원	별	30	정미경	나의 피투성이 연인
3	손창섭	잉여인간	31	이승우	지상의 노래
4	강신재	젊은 느티나무	32	강영숙	라이팅 클럽
5	전상국	우상의 눈물	33	조해진	여름을 지나가다
6	이문구	우리 동네	34	박솔뫼	그럼 무얼 부르지
7	윤흥길	장마	35	정영문	꿈
8	한수산	부초	36	구병모	고의는 아니지만
9	최인호	타인의 방	37	배삼식	3월의 눈
10	김주영	아들의 겨울	38	이장욱	칼로의 유쾌한 악마들
11	박완서	나목·도둑맞은 가난	39	김경욱	동화처럼
13	조성기	통도사 가는 길	40	박상연	DMZ
14	강석경	숲속의 방	41	조해진	천사들의 도시
15	하일지	경마장 가는 길	42	김미월	여덟 번째 방
16	이윤기	나비 넥타이			
17	이순원	수색, 그 물빛 무늬			
18	이혜경	길 위의 집			
21	선우휘	불꽃			
22	최인훈	웃음소리			
23	박범신	제비나비의 꿈			
24	윤후명	모든 별들은 음악 소리를 낸다			
25	박상우	화성			
26	이승우	검은 나무			
27	이응준	그는 추억의 속도로 걸어갔다			
28	이만교	결혼은, 미친 짓이다			